KB123490

아르헨티나

Argentina

코리안 문학 선집

【시/수필】

아르헨티나

Argentina

코리안 문학 선집

【시/수필】

김환기 엮음

보고사

책을 펴내며

　최근 코리안 디아스포라를 둘러싼 학문적 담론이 활발하다. 디아스포라 주체는 냉전시대의 희생자였던 구 소련권(CIS)의 '고려인'을 비롯해서 중국의 '조선족', 일본의 재일코리안, 미국과 캐나다 그리고 중남미 지역의 코리안들까지 망라한다. 이들 담론에서는 구한말과 일제강점기는 물론 해방 이후의 공식적인 이민정책에 의해 조국을 떠나야 했던 코리안들의 간고했던 이주역사와 문화적 현상까지 다양한 관점에서 조명된다. 특히 디아스포라 특유의 경계선상에서 구축되는 중층적 아이덴티티의 실체를 기록문화를 통해 확인하고 글로벌시대의 혼종성(Hibridity)과 결부된 글로컬리즘(Glocalism)을 천착한다는 점에서 유의미하다.

　이 책에 실린 아르헨티나의 코리안 문학 작품들(시 128편, 소설 30편, 수필 14편)은 그러한 디아스포라 문학의 혼종성과 글로컬리즘의 현주소를 확인할 수 있는 소중한 문화유산이다. 그동안 한국의 독자들이 비교적 쉽게 접할 수 있었던 재일코리안 문학, 중국의 조선족 문학, 러시아의 고려인 문학, 미국과 캐나다의 한인 문학과는 다르게 남미대륙 특유의 혼종지점을 서사화한 작품의 소개라는 점에서 신선할 수 있다. 특히 작품의 행간에 묻어나는 이민자의 숨결에서 라틴조의 삶을 떠올리는 것은, 엄한 이과수 폭포로 대변되는 남미 대자연과 함께 살아가는 가우초(남미의 카우보이)의 애잔한 눈물로 승화된 탱고 리듬과 절묘한 조화를 이루는 느낌 때문이다. 그래서 필자는 이번 『아르헨티나(Argentina) 코리안 문학 선집』에 문예잡지 『로스안데스문학』(창간호~통권13호)에 실린 작품을 중심으로 가능하면 더 많은 작품을 담고자 노력했다. 지면의 제약으로 아르헨티나에서 창작된 작품 전체를 소개하지는 못했지만, 이 선집에 수록된 작품들은 처음 소개되는 만큼 한국문단과 국문학계, 일반 독자들에게 어떻게 받아들여질지 사뭇 기대된다.

이 책이 간행되기까지 많은 분들로부터 신세를 졌다. 먼저 중남미지역의 한국계·일본계 이민문학을 함께 조사할 수 있도록 배려해 주신 호세이(法政)대학 가와무라 미나토(川村湊) 교수님께 감사의 말씀을 드린다. 덕분에 지난 4년간 공동연구프로젝트를 가동하고 대자연의 위대함(안데스와 아마존 등)과 직접 호흡하면서 필자의 연구영역을 한꺼번에 확장할 수 있었기 때문이다. 아르헨티나에서 한인기업 〈기리나 텍스(KIRINA TEX)〉를 경영하시는 정기웅 사장님께도 깊이 감사드린다. 정 사장님께서 아르헨티나의 코리안 문학작품과 관련 단체를 소개해 주시지 않았다면 이번 문학선집의 간행은 예정보다 훨씬 늦어졌을 것이다. 또한 문학선집의 저작권을 비롯해서 손수 원고교정까지 해주신 〈재아문인협회〉 이세윤 회장님과 조미희 작가님께도 감사의 말씀을 드리며, 아르헨티나에서 저희 연구조사팀을 따뜻하게 맞아주신 유한성, 주대석, 김원집 사장님께도 감사드린다. 끝으로 적지 않은 원고분량임도 선뜻 출판을 허락해 주신 〈보고사〉 김흥국 사장님과 이번 문학선집의 출판 과정에서 조언을 아끼지 않으신 한국체육대학의 유임하 교수님께도 감사의 말씀을 드린다.

모쪼록 이번 『아르헨티나(Agentina) 코리안 문학 선집』이 한국문학계와 독자들의 관심 속에 널리 읽혀지기를 기대한다.

2013. 7. 15.
김환기

차례

7

8

11

【수필】

시

001 독백 _ 김규환

혼돈의 세상에서
깨어있기 위해 술을 마신다는
박카스의 제자를 만났다

자신에게서 떠나 버린
이방인들의 묘지에 서서
긴 허리 두른 세월을 가늠해 본다

아직도 내 가슴은 차다
뜨거움이 없다
이래 가지고서는 아무것도 태울 수 없다
나 자신조차도

문틈 사이로
빛이 새어 나온다
눈부신 것이
두려우면서도 간절하다

나는 항상 갈등 속에 있다
두 가지 마음
끝없는 전쟁
행복으로 가는 길엔 평화란 없다

(『로스안데스문학』 통권6호, 2002)

002 추사 _ 김근영(효천)

나는 이 가을 떠나가고 싶다
군중 속에서 나 홀로 빠져 나와
폭풍우의 바다 속으로
헤엄치고 싶다
멈추지 않는 빗줄기는
이 파렴치한 오후에는
수치스러운 것이다
그럴 바에는 이 가을을
떠나야겠다
사랑은 영원히 열리지 않는
무덤 속에 파묻어 두고
나 홀로
이 가을을 빠져 나와
지나간 봄으로
다시 돌아가고 싶다
낙엽은 비통하게
그 가슴이 찢겨지고 있는데도
가을 바람은 나뭇가지 위에서
조용히 불고 있다
그 하늘
그 공원

(『로스안데스문학』 통권11호, 2007)

003 간이역 소묘 _ 김남수

뽈보린행 간이역의 하오
한웅큼 삶의 이야기가 담기고
조금은 빛이 바랜 화면 속에
사십대의 그림자가 길게 드리운다

묘연히 먼 과거로부터 나왔다가
지반을 흔들며 떠나간 기관차의 괴적은
회(灰) 분홍색 대기 속에
어쩔 수 없는 원시적 우수를 엎질러 놓고
철길 아스름한 곳에서 꼬리를 감춘다

남겨놓은 정적 가운데
앉거나 서성이는 또 다른 그림자들은
그들의 목적지를 생각하고 있는 것일까

평행선 저 너머 공터
아름드리 소나무 아래서는 지금 한창
공놀이에 숨이 찬 청년들의 가슴팍에
새 이야기가 김처럼 영상화 하고 있다

『로스안데스문학』 창간호, 1996)

004 너의 받침대 _ 김아영

쓰러지는 너를, 흔들리는 너를
그 누가 지탱시켜주더냐

너의 따스함이 식지 않도록
그 누가 담아주더냐

뜨거운 열정에 데지 않도록
그 누가 보호해주더냐

초
찻잔
뚝배기
모두 받침대가 있더라
너도 받침대가 있느냐

(『로스안데스문학』 통권10호, 2006)

005 섬 _ 김아영

나 섬
너 딴 섬 이지
섬과 섬 사이

보고 또 봐도
맞닿지 않는
그리움만 쌓이지
바닷물만 꿈처럼 출렁이지

꼭꼭 숨은 땅
내밀락 말락
얼굴조차
들어내지 않지
뚫어져라 보니
잠깐 보이는가
결국엔 바다
바다가 되지

환영처럼 우리 사이를 오가는
섬
백만 년 지나야
사라질라나
목마른 해가
바다를 다 마셔줄라나

눈을 떠라, 가라앉은 섬아
너희들은 이미
하나인 것이다

냉장고 _ 김예필

나는 냉장고이고 싶다

쓸데없이 타는 열정 차분히 가라앉혀
사랑해서 아픈 가슴 하얗게 식혀주는
차디찬 냉장고이고 싶다

머리로는 얼을 얼려 별을 만들고
가슴으론 사시사철 시원한 바람
속살 다 열어 젖혀 생명을 주는
자애로운 냉장고이고 싶다

흐르는 눈물 모아 구슬을 꿰고
끓는 피 활활 정의를 불태우는
뜨거운 냉장고이고 싶다

겉은 차고 냉정하나
속은 따스한
문 두 짝짜리 내
몸만한 냉장고이고 싶다

(『로스안데스문학』 통권4호, 1999)

마테오의 편지 _ 김옥산

술에 취한 30대의 저 사내가 벌거벗어
기어간들 무얼 탓하느냐 이미 엎질러진
세월의 부끄런 올가미가 그의 목에 걸린 줄
갑갑히 보지 못하느냐
허리 가는 여인만이 아니니라 복자언자(福字言字)
40대 손마디 굵은 아내 내지(內地) 3년 내전(內戰)
환란 끝에
생(生)무우 간식으로 허랑해 이제금 칠레
무차초와 입맞춤은 사랑 아니겠느냐
까빌도 고슬한 잔디밭 정원에서 거상(巨商) 그레고씨의
차녀(次女) 수사나(9개월)가 기뻐하며 걸음마를 배우고
1949년 국경을 넘어 평생 꼬보 반경에 시장하여
울며 새던 볼시 세실리아 여사가 48년 8개월을
일기로 숨을 거둔 그 밤
꼬스따네라강(江) 북동쪽엔
열 이틀 달무리 테가 고왔더라
이르되 피곤하고 슬픈 그님께선
다 인간적으로 이해하시느니라
이는 예전부터 뜻대로 아니되셨음이라

(『로스안데스문학』 통권2호, 1997)

옛 이야기 _ 김옥산

진달래 핀 오후
할머니 들손에 정맥선 퍼러면
가을 상(喪)인걸
먼저 노망이나 오시면
어찌 말대답 갑갑한
대문 밖 일들
서슴치 않고 사설하거나
그때나 제나
이 자리나 서나
노을인걸

추석 강 따라
성묘길,
침묵의 행렬을 만장
순(順)으로
걸으며
안개 같은 질문
피가 식으라고
지나가면 흐르는 나의 주검이
나에게 화면(畵面)인가
(『로스안데스문학』 통권7호, 2003)

009 4월 초파일 _ 김옥산

저를 지휘해 나는 새
적게 먹어 무용하는 새
물 속을 나는 새
벌새

(『로스안데스문학』 통권8호, 2004)

010 인스턴트 고독 _ 김재성

까푸치노의 쓴 맛이 목젖을 타고 추락하고
볼펜의 똥구멍이 거미줄을 짜내어
의식의 집을 짓고

거리 나부랭이에선
창녀와 성자가 탱고를 춘다
창녀는 창 밖의 여자
성자는 성 불구자

겨울바람이 시고 날카로운 혀를 날름거리고
까칠까칠한 수염은 어둠을 먹고 자라고
사람 같은 것이 치부를 드러낸 채 연신 다리를 떨어대고

아!
포르노에서 낭만을
금속에서 생명을
PC에서 진리를 구하는 누에바 헤네라시온 신세대!

여기
스테인리스 도시에
인스턴트 고독을 마시는
스턴트 같은 인생이 있다

(『로스안데스문학』 통권5호, 2000)

011 할머니 사진 _ 김재성

칠 년 만에
할머니 사진을 다시보게 되었습니다
어머니와 나란히 앉아 계십니다

할머니는 지금 안 계시고
어머니는 할머니를 퍽이나 닮았습니다

시간이 흘러
이 사진이 빛 바랠 즈음
나도 할머니를 꽤나 닮아있을 겝니다

티없이 웃음짓는 아들을 봅니다

화창한 날을 잡아서
아버지와 아들이 나란히 앉아
사진을 찍으렵니다

(『로스안데스문학』 통권9호, 2005)

낯선 거리를 거닐다가
오래 전 친구와의 재회 같은
가슴 뭉클한 반가움이야

무심코 바라본 하늘이
너무나도 푸르렀을 때의
그 느낌이야

사랑하는 이를 위해
쏟아내고 싶은 의미들을
솔직하고 아름답게 포장해
선물하는 마음이야

이파리에 부는 한 가닥 바람결도
그냥 지나치지 않은
마구 타는 그리움이야

(시집 『하늘 바다 별비』 양문각, 2000)

013 마당을 쓸며 _ 김재성

그 누군가를 위해 마당을 쓸었다
밤이 잠든 이른 새벽 나는

별들의 시체가 널려있었다

별들도,
나도 죽어 있었다

하늘을 바라보았다

별 하나,
죽지 못해
살아있었다

그 이름은
그리움이었다
아니,
차라리
소망이었다

(『로스안데스문학』 통권6호, 2002)

014 별 비 1 _ 김재성

별 비는,
흔들리는 영혼들의 선한 눈물,
슬퍼하는 이마다 삼키는 빗물,
추억의 계절이 떠오르는 곳마다 짙게 깔리는 안개비,
우수가 깃든 마을마다 익어가는
별 비,
이 밤을 밝히는 영들의 떨림.

(『로스안데스문학』 통권5호, 2000)

015 별 비 2 _ 김재성

나는 사실
별 비를 한번도 본 적이 없다

그러나

비가 내리는 밤하늘
저 구름 뒤에
별이 빛나고 있음을
나는 믿는다

한 차례
서러운 비가 쏟아지고 나면
내일 밤도 그 다음 밤도
찬란히 하늘을 지킬
푸른 영혼이 있음을
굳게 믿는다

(『로스안데스문학』 통권5호, 2000)

별 비 3 _ 김재성

힘겨웠던 지난날들을 모아
별을 향해 쏘아 올리면
별은 말없이 고개를 끄덕이며
맑은 위로를 보낸다

별 비가 소리 없이 내리면
나는 별들의 아픔을 온 몸으로 받아
눈물을 빗물에 섞는다

가끔
별은
눈물 흘리는 모습을
구름으로 가린다

내가
사랑하는 이에게

(『로스안데스문학』 통권5호, 2000)

017 어느 봄날(동시) _ 김한식

장난꾸러기 돌개바람이 먼지를 몰고 지나가면
어미 닭은 병아리 숨기기 바쁘다

담 밑에서 낮잠 자던 검둥이
한쪽 눈만 지긋이 떠 보더니
그대로 잔다

한가한
봄날
(『로스안데스문학』 통권8호, 2004)

018 장마(동시) _ 김한식

방학이 시작되자
장마도 시작됐다

말 타기
말뚝 박기
모두 방안에서 법석이다

무슨 일이 생겼나
나팔꽃 덩굴도 궁금한가 보다

유리창 틈으로
얼굴을 내밀었다
(『로스안데스문학』 통권8호, 2004)

안개 낀 아침 _ 김한식

안개 낀 아침은
꿈나라

집 앞의 전신주가
저만치 물러나갔다

이웃집 할아버지
손자 부르는 소리만 들리고

가는 사람 오는 사람 마주치면
하하하하 길 비켜 주고

안개 낀 아침은
유쾌한 아침

나도 꿈나라 사람
꿈나라 거리를 거닐고 있다

안개 낀 아침은
꿈나라

(『로스안데스문학』 통권9호, 2005)

020 모기와 귀뚜라미 _ 맹하린

어머니
그저 물기만 하면 봐주겠는데
어인 비밀 그리 많아
밤이면 귓가에 부단히 속살댑니까
앵앵앵 아르르
앵앵앵 아르르

어머니
그냥 노래하면 느긋이 듣겠는데
웬 서름 하도할샤
낮에는 숨듯 종적 없다가
어둠자락 잇대어 바느질하며
절절이 절창에 골똘합니까
뜰뜰뜰 서르르
뜰뜰뜰 서르르

그동안 예사로 여겼던 모기의 속삭임과
으레 그러려니 했던 귀뚜라미의 명창을
문득 아들이 등 토닥이 듯 일깨워 준다
어쩌면 나조차 아르르 아려오고
하물며 귀뚜라미처럼 서르르 서늘하다

어미 닮으면 고달프다 그토록 누누이 일렀건만
기어이 사단이 생기었구나
자연주의에 솔깃 마음 쏠린 아들의 옷깃에
어느덧 예술의 고단함 같은 게
한 속으로 배어 있으니

(『로스안데스문학』 통권7호, 2003)

노을 앞에서 _ 맹하린

한 그루의 소철되어
시린 눈으로 바라보는 고은 하늘

살랑살랑 바람에 부대끼며
더욱 튼실해지는 잔등

고혹적인 해그림자 타오르는 자태로
하늘 가장자리에
현란한 옷자락을 펼치었다

돌아보면 들쭉날쭉한 세상살이
환희 멤도는 노을에
언 볼 비비며
뉘엿뉘엇 지는 해
깨금발로 환송하는 이 저녁

(『로스안데스문학』 통권10호, 2006)

022 온시디움의 항변 _ 맹하린

극심한 추위나 숨가쁜 무더위
더불어 과잉보호까지도 견딜만큼 견디겠으나
강압적인 포식
지나친 관심
때를 모르는 수분공급
또한 촉진제의 향연
사람이시여!
어찌 우리를 당신들처럼
거듭 먹이고
늘 씻기고
연거푸 마시게 하시는가
무릇 우리의 반항은
그처럼 시작되어
샐쭉 꽃 대궁 더디 오르고
새싹도 돋을까 말까 머뭇대다가
드디어는 열반의 길에
마지못해 도달하나니

(『로스안데스문학』 통권12호, 2009)

023 내가 나에게 길 내어 주다 _ 맹하린

혼자 걸어도
혼자가 아님을 알아챌 때
나는 이윽고
나를 목적지로 정하고 떠나는
진정한 길손이 된다

내가 나에게 길 내어준
연둣빛 맑디맑은 초여름 한 나절

나의 내면에 침잠된
나만의 언어에게
자연이 말 걸며
손 이끌었다

가다가 돌아보듯
멈칫 서성대던 발길
새삼
살포시 내디디며
내가 나에게 길 내어주다

(시집 『내가 나에게 길 내어주다』, 한국문학사, 2008)

방향감각 _ 맹하린

어떤 장소가 문제가 아닌데
문제는 분명 나인데
어떤 장소라도 처음 들어간 장소는
나올 때마다 방향감각을 잃고
생게망게에 빠지고 만다

문제가 문제 될 건덕지 없긴 하다
차라리 반대쪽으로 발길 옮기면
가야 할 길 의연히 제시되는
참 명쾌하면서도 기묘한 선택

살아감 자체가 오고 감이 유별한 관계로
몇 번이고 헤매고 나서야 비로소
바른 길 불쑥 앞을 터줬던 건 아닐까

사람과 사람 사이에서도 자주 길 잃고
결국 반대쪽을 내딛게 되는
방황하며 방향을 제시 받는
나의 참 아픈 방향감각

(시집 『부에노스 아이레스 2010』, 도서출판 움, 2010)

025 **동백꽃** _ 맹하린

꽃잎 방긋 열린 채
낙화를 서두르는 건
땅에서 새삼 거듭나려는
윤회 가득한 몸짓
땅 위에 누워 봉오리째 쑤욱 쑥 순산하는
동백의 포동포동한 몸통을
아침이슬 희고 가녀린 손길로 말갛게 씻기고
실존이 땅으로 귀환한 후에야
터득으로 탄생되는
동백 그 순수한 절반의 희생

(『로스안데스문학』 통권12호, 2009)

삼베 이불 _맹하린

이민 짐에 꾸려준
엄마의 선물 삼베 이불
여행 길 풍경 스쳐가듯
강산이 여러 차례 꿈틀대자
낙엽처럼 바래었다

때때로 무릎에 두르고
내 글 밭에 씨 뿌리고 김을 맨다

비단 자락 좋은 옷 두른 들
둥싯둥싯 아둔하고
헹글헹글 어설프더라

삼십 년 세월
베이고 스며든
그 삼베 이불이면
내 밭이랑
튼실하고 참다랗다

어슬어슬
저녁 어슬막엔
엄마의 내리사랑
도타이 전해져 오고

(『로스안데스문학』 통권10호, 2006)

당신에게 _ 맹하린

저 논 속의 맹꽁이와
저 논 속의 삽살개처럼
서로 견주며
살지는 않았을지라도
우리 때때로 겯거니 틀거니 하며
서로 뒷짐지고 버티고 버텼지요

산으로 가라면 강으로 가고
어디론가 가고 또 가던 당신과
산으로도 강으로도
꼭 가고 싶어야 가던 나

시간과 세월이 참 많이도 흘렀어요
이윽고 범람하던 강 헤어났으니
시냇물에 발 담그고
찰박찰박 살아요

고기도 잡지 말고
꽃도 꺾지 않고
돌도 줍지 않으며
그냥 그것들을
애오라지 자연이게 해요
우리도 더불어 자연이 되어요

팽팽하게 당겨지던
우리의 노정
이윽고 작은 시내에 닿았으므로

(『로스안데스문학』 통권10호, 2006)

해에게 _ 맹하린

    길을 걷다가
    빨래를 널다가
    푸른 하늘에 마음 물들다가
    우기의 참대비에 갇혀있다가
    유년의 뜨락 살포시 지나다가

    폭풍에 흔들리는 창문의 칭얼거림에도
    여울여울 타오르는 촛불 앞에서도
    욱적대는 갈대들의 박수치는 환호에도
    설풋한 여윈 잠의 갈피마다에도
    탄성처럼 튀어 오르는 음악의 청청함에도

    빛이신 당신은
    삭정이의 묵정밭을 새록새록 갈무리 하옵나니

    무언가 읽혀지던 어제
    미적미적 끄적이는 오늘
    내일은 오로지 걷겠나이다
    (『로스안데스문학』 통권6호, 2002)

029 후회 _ 맹하린

어인 후회 이토록 밀려오나
생업에 목 졸리어 허겁지겁 숨가쁜 이웃에게
점심 한 끼 대접받고도

치열하게 정신 팔며
글 쓰느라 여념 없는 이에게
차 한잔 얻어 마시고도

정해진 네 귀퉁이 틀 다시 맞추듯
절제와 노고 아끼며 사는 친구에게
약간의 칭찬 들어도

언제나 신맛의 과일 바라보듯
시면서 떫은 기분 뿌덕뿌덕 밀려든다
매번 밀어내는 후회였음에도
쉼 없이 도달하고야 마는 파도 같은 자락

거듭거듭 후회하거라
부르트게 참회하다가
뜻밖의 득도에 다다를 테니

(『로스안데스문학』 통권6호, 2002)

030 솔바람 푸른 마음 _ 민원식

바람이 어루고 가는
소나무 동산에 앉았습니다.

솔바람 푸른 내 마음은
하늘가를 하얗게 떠다닙니다.
눈부시게 타오르는
햇님의 옷자락을
싱그럽게 물들여 놓고
초록 바늘로
하늘을 휘젓습니다.

오랜 동안 그 자리에 서서
긴 팔 늘어뜨린 채
학의 나래짓으로
허공을 가르는
푸른 넋이여.

(『로스안데스문학』 통권8호, 2004)

031 **잉어란 놈은** _ 박복인

양지(陽地)바른 Castelli강(江) 잉어란 놈은
여름 내내 물만 먹고 살찌웠다가
육지로 왔네 내 낚시에 올라왔네
가을이 짙었는데 잉어란 놈은
추운 강(江) 물 속에서
건강해서 힘내어 잘 살라고
처자식 이웃위해 잘 살라고
밤 대추 약재(藥材) 넣어 큰 솥에 밤새 고아
용봉탕 진한 국물되어
잉어란 놈은 내 밥상에 올라 왔네
피와, 살이, 뼈가 되는 약(藥)이 되어서
건강해야 한다고
그래야 참되게 살 수 있다고
죽어서 진한 국물이 되어 가난한 내 밥상에
올라 왔네
잉어란 놈은……

(『로스안데스문학』 통권2호, 1997)

032 가짜 지폐 한 장(Un falso) _ 박상수

언제부터인지 내 주머니에
모르는 척 함께 들어와 있는
2뻬소짜리 falso 한 장

돈이 아닌 사람으로 보인다

보이는 대로 믿고
주는 대로 받았다

내가 다시 줄 수 없는
그럴 듯이 존재하지 않는 존재

비행기에서 내리도록
그의 마음이 falso인 줄 몰랐었지만
이제 확인했다고
그걸 다시 나도 쓸 수는 없다

그래서 버리지도 못하고
쓸쓸히 다시 주머니에 넣는
2뻬소짜리 falso 한 장

(『로스안데스문학』통권6호, 1999)

033 **열쇠** _박상수

서랍 속 열쇠뭉치
참 많기도 많다
자물쇠는 다 어디 갔는지 간 데 없고
열쇠들만 덩그러니 모여 있다

이것들도 한때는
자기의 것을
잠그기도 하고 열기도 하며
제 몫을 지킴이 기뻤으리라

지금은 어디에 있는지
알 수도 없는 자물쇠들은
열린 채 일까
잠긴 채 일까

자물쇠 없이는
그저 쇠 조각에 불과할 뿐인
열쇠들이 불쌍하다

(『로스안데스문학』 통권8호, 2004)

⁰³⁴ 인연(벗 김형년 군을 그리며) _박상수

한 사람을 만나
아둔한 머리로
겨우 이름 석 자 외우니
떠났단다

참으로 궁금한 것은
저승에 무슨 급한 일들이 있기에
떠날 때는 그렇게 서두르는 것일까?

차 한 잔을 핑계로
마음을 내어 보이기도 전에 떠나야 할 만큼
급하고 바빴나 보다
그래도 그렇지
괘씸한 사람

진작에 그걸 알았다면
그 역시 그리 급하게 떠날 줄 알았다면
이름을 묻지 않았다

내 다음에 또 다른 인연을 만나면
이름 따위는 묻지 않으리라
사랑부터 하리라

(『로스안데스문학』 통권9호, 2005)

금방이라도
저 너머 멀리 있는 작은 집 지붕으로 떨어져 내릴 듯
피곤한 모습으로 달이 걸려 있다.

처음부터 사람에게 많은 것을 바라지는 않았다.
제 모습을 뵈려 단장하고 나오지만
사람은 달에게 관심을 두지 않았다.
때로는 반달로
때로는 보름달로 나오지만
사람은 제 필요한 때만 빌 것을 들고 달을 찾아 나왔다.

달은 외롭다.
조금 더 사랑을 받고 싶다.

달은 피곤하다.
지금 달이 저렇게 피곤한 것은
온밤을 새우며 하늘을 지키기 때문이 아니다.
지금 달이 힘겹게 매달려 있으며 바라는 것은
관심일 뿐이다.

언젠가 사람의 무관심이
저 달을 죽이고 말리라.

(『로스안데스문학』 통권11호, 2007)

저녁풍경 _ 박상수

TV는 아내와 같이
어둠 속으로 돌아온 나를 맞고
욕실이나 주방에
나도 모르게 낳아놓은 아이는 없는지
한번씩 열어본 후에 나는 옷을 벗는다

냉장고에 사는 김치를 꺼내
탁자에 놓으면
김치의 나이만큼 젊은 내가
그 맛만큼 늙어 버렸다

한번도 타올라 본 적 없는
나의 어제, 그제 그리고 기억도 나지 않는
숫자로 된 지난 날들
그 날들만큼이나 미지근한 물로 몸을 씻고
감당하기 힘들게 커다란 침대에 올라
왼쪽 끄트머리에 웅크려 눕는다

모두에게 작별을 고한다
유서의 한 줄 한 줄을 암송한다

(『로스안데스문학』 통권9호, 2005)

037 **잡념2** _ 박상수

저들도 봄은 아는지
뒤뜰에 한 자리씩 자리하고 앉았다
그 어느 놈도 내게 허락 받은 바 없지만
원래 그 자리가 제 것인 양
편안한 모양으로 줄기와 잎을 내었다

둘러보니
오호라, 제 각각이다
어디서 이 많은 종류의 씨들이
고루 날아왔을까
높다라 담장도 이들에겐 별거 아니었나 보다

이름을 알고 싶었지만
하나 하나의 이름을 알 바 없고
다만
이들을 싸잡아
잡초라 부르는 걸 기억했다

이리 귀엽고 사랑스런 풀과 꽃이 잡초란다
어쩌면 내 잡글도 사랑해주는 이가 있으리란 추측에
갑자기 행복해졌다

(『로스안데스문학』 통권8호, 2004)

사랑을 하고 싶다 _박상수

비가 오는 거리를 내가 보다
문득 그가 생각날 때
현기증이 나는
그런 사랑을 하고 싶다

쏟아지는 비에 가랑이가 젖고
찬바람에 두 뺨이 시려도
보고 싶다는 한마디 만으로
한걸음에 달려가고 싶어지는
그런 사랑을 하고 싶다

마주 앉아 얼굴을 바라보다
눈물 한 방울 흘리며
왜 이제야 내게 왔느냐고
뜻 없는 원망을 하는
그런 사람을 만나고 싶다

살아가는 동안
수없이 만나는 사람들 속에서
나만의 향기를 구분해 내는 사람
찌들고 지친 삶의 자리에서
나를 생각하는 것만으로
삶의 무게를 깔고 앉을 수 있는
그런 사람을 만나고 싶다

언젠가 영 이별을 해야 하는 날
두 손 꼭 잡으며
정말 아름다운 사람이었다고 말해주는

그런 사람을 만나고 싶다

그이던 나이던
하나는 떠나고 하나는 남았을 때
서로를 기억하는 그때에
언제고 함께 있음을 느낄 수 있는
그런 사랑을 하고 싶다

(『로스안데스문학』 통권6호, 2002)

깨진 꿈의 노래 _박상수

한바탕 질펀하게 꿈을 꾸었지
영영 깨이지 않을 꿈인 줄 알았기에
나는 꿈으로 꿈으로 빠져들었었네

달랑 한 장의 편지로
그만 꿈을 접자 할 때
깨인 것이 꿈인가
아니면 이제부터 꿈의 시작인가

눈을 뜨니 자갈밭에 내가 누웠네
화들짝 놀라 다시 눈을 감으니
꽃밭은 그이와 함께 사라지고
아련한 향기만이 코끝에 남았네

설령 거름 밭이라도
꽃 향기를 맡을 수 있었는데
모든걸 가져가 버렸기에
허망이 누워
혹 그이가 돌아올까
다시 눈을 감고 꿈을 기다리기로 하네

(『로스안데스문학』 통권6호, 2002)

이제야 봄날이 오는가 _ 박영창

우리 호황(好況)이 와 다시 만날 때
어제 그제 그리고 옛날 IMF
무척이나 긴 터널 어둡던 때
언제나 봄날이 오나 기다리며
암울(暗鬱)에 떨며 마음 아팠음을
가만가만 이야기하자

구름이 해를 막는 그늘진 베란다
양지 볕 따사로움 잃고
차라리 Julio Roca에서 아사도불 손 쪼이던
이방인(異邦人)의 언 마음끼리 옹기종기 모여
서로 가슴을 달래던 날의 추억을
가만가만 이야기하자

잃었던 일일랑 생각조차 말고
잊었던 일일랑 기억조차 말고
모두 깡그리 잊음조차 잊어버리고
지난 영상(映像)을 지워버리는 환자가 되어
철 늦어 오는 장미빛 날을
가만가만 이야기하자

인플루엔자로 수백 명이 돼지혼(魂)이 되고
뎅기 열병이 또 오는데도
CASA ROSADA 여주인(女主人)은 대책이 없다
나라꼴이 사납거늘 조용할 때 언제일까
그냥 우리끼리 살 비벼대며 아픔을
가만가만 이야기하자

그래도 보이는 건 큰 땅덩어리
소곤소곤 들리는 건 봄날이 오는 소리

아! 이제야 봄날이 오는가

(『로스안데스문학』 통권12호, 2009)

041 **입원** _ 박영희

하얀 사각방
쇠침대 하나
긴의자 하나
브라인드가 내려진 커다란 창 하나
문 하나
문 바깥쪽 이름 하나
그 아래 낙서 한줄
'너는 나그네'

(『로스안데스문학』 통권4호, 1999)

세월 그것은 _ 박영희

우리
서로 가엾게 여겨지는 것
서로의 위로가 힘이 되는 것
어깨가 선량해지고 눈매가 순해 지는 것
비로소 옆도 뒤도 돌아 보이는 것
손잡기도 손 내밀기도 한결 쉬워 지는 것
모든 생명에 대하여 눈 멀도록 사랑하게 되는 것
세월
그것은
삶의 선물
바람에 실어 보내는 신의 어루만짐이다.

(『로스안데스문학』 통권4호, 1999)

그대 _ 박영희

그대
나의 노래를 받아주십시오
절망보다 깊고 애절했던 그대 기도에 대하여
그대
나의 웃음을 받아주십시오
상처보다 크고 화려했던 그대 꽃바구니에 대하여
그대
나의 성숙을 받아주십시오
고독보다 엄숙하고 은밀했던 그대 희생에 대하여
그대
나의 평화를 받아주십시오
아픔보다 잦고 섬세했던 그대 위로에 대하여
그대
나의 감사를 받아주십시오
죽음보다 강하고 뜨거운 그대 사랑에 대하여
바람 구름 햇빛 관심 우정
아름다운 그 모든 것에 대하여 나의 찬미를 받아 주십시오
그대, 나의 형제여, 자매여.

(『로스안데스문학』 통권2호, 1997)

044 세월이 손을 당기네 _박영희

너
벗으려 바람따라 떠나온 길
강 건너 언덕넘어 한 나절 여정

길 끝난 고개마루엔
노을에 타는 붉은 대서양
꾸우꾹 목울음 진홍바다 속에 떨구고

이 끝에서 저 끝까지
너 묻을 데 찾는데

바람이 실어오네
풍경처럼 떨리는 네 심장소리

파도가 기억하네
안개비 젖어 내린 네 눈망울

이 끝에서 저 끝까지
너 묻을 데 찾는다.
대서양 안고도는 긴 긴 해변

다시 돌아서는 시린 마음
모래언덕에 허드러진 야생 개나리
첨부터 알았다며 노랗게 비웃네

세월이 스쳐가며
가만히 손을 당기네.

(『로스안데스문학』 통권5호, 2000)

045 방(2) _ 박영희

긴 기다림이
행복하다

여름 친구
겨울 손님

까치발로
찾아와서는

작은 내 방을
가득 채운다

(『로스안데스문학』통권5호, 2000)

045 이율배반 _ 박영희

침묵을 사랑한다
침묵을 원한다
그러나 난 침묵 속으로 갈 수 없다

혼자 보기 아깝고
혼자 듣기 아쉽고
혼자 가기 안타까운

내 안달 때문에 침묵은
늘 그리움이다
머언 기다림이다

(『로스안데스문학』통권4호, 1999)

046 BS.AS.의 하늘은 아름답다 _박영희

BS.AS. 하늘은 아름답다
시리게 푸른 호수
눈부신 은빛 섬들
올려다 보면 어느새
눈물샘 하나 툭 터져 나오고
가슴속 매듭 하나 푸드득 새가 된다

(『로스안데스문학』통권4호, 1999)

047 석양에 서서 _박영희

노을 빛 반사되어 금화처럼 반짝이는 잎새들의 현란함
한껏 높은 톤으로 가족을 모우는 새들의 수선스러움
땅거미 짙어오는 언덕 저편 작은 창 밝히는 따뜻한 불빛

하루의 피로가 실린 달착지근한 바람 냄새
별 사탕처럼 숨어 핀 들꽃들의 향기
이슬에 젖어 드는 풀 내음

아아
자연의 신비로움이여
삶의 조촐한 기쁨이여

매 순간 다가서리
나날이 커져가리
메아리 치는 가슴과 깨어있는 두 눈을 지킬 수 있다면

(『로스안데스문학』통권4호, 1999)

바람이 불거든 _ 배정웅

바람이 불거든
정감(情感)의 그녀를 부르시고
소담한 술상을 마련케 하시고
저마다 마음 속에
바리케이드를 치고 살아가는
이웃도 정중히 맞이하시고
오오, 오랜만에 잊었던 옛 가락
돌이키어
모든 것
장단으로 두드리시고
두드리시고
바람이 불거든
정감(情感)의 그녀를 거듭 부르시고
바람도 깊이깊이 잠재우시고
그러다가 몇 자씩
겨울 눈이 내려 쌓여도
짐짓 모른 채 하시고.

(『로스안데스문학』 창간호, 1996)

南美通信·11-아르헨티나에서 _배정웅

내 처음 아르헨티나에 발 디뎠을 때
헝겊을 절단하여 옷을 깁는
일제 재봉틀 소리만 붕붕 돌아가는 것 같았다.
포도주에 취하여
남녀가 얼싸안고 발을 요리조리 움직이는
탱고의 선율만 낭자한 것 같았다.
노천 까페떼리아를
촌닭되어 지나갔을 때
여자들이 흰상의 다리를 꼬고 앉아
雨期의 여름 하늘 우러르는
꿈결같은 그런 모습들을 보았다.
경국지색 양옥환이거나 서시이거나
수백 수천의 아르헨티나 여인들로 환생해서 살고 있는
실로 기막힌 윤회의 세상을 나는 보았다.
그러나 젊은이들이 말비나스로, 어딘가로 끌려갔을 때
아르헨티나의 용감한 어머니들은
수시로 피켓을 들고 거리로 쏟아져나와
내 아들 내놓아라, 내 아들 내놓아라, 하염없이 울부짖었다.
내 처음 낯선 땅 발 디뎠을 때
시인 에르네스트 사바또,
이 땅의 불행을 노래하는, 한번도 만난 적이 없는
그의 얼굴만 상상으로 떠올랐다.
대서양 하얀 파도의 갈피 저 너머
레꼴레따* 언덕 저 너머, 머나먼 땅에 두고 온
우리 어머니, 조선치마 앞자락으로
훌쩍이는 모습도 크게크게 떠올랐다.

* 레꼴레따 언덕 : 부에노스 아이레스 도시 중앙에 있는 언덕

(『로스안데스문학』 통권5호, 2000)

南美通信·25-우기 속의 비행 _ 배정웅

남국에서 딸아이를 얻었다
만년설이 쌓인 신비의 '일리마니' 산
그 아래아래
아직도 석유램프가 타는 마을
'야마'의 은빛갈기 은빛울음 속에서
딸아이 하나를 얻었다
북풍이 불면
오히려 이생의 모든 것이
따수워 오는 이치,
열매 열매가 땅에 떨어져 섬유질로 부서지는
미세한 소리에도
잠 깨어 조잘대는 어린 내 딸은
한 마리 작디 작은 '야마' 새끼
이방의 아침이면 먼 길 떠나는
오오, 아버지인 나는 유랑민,
인디오의 가락 따라
두어 마당 춤추고
어린 내 딸 곁으로 지쳐 돌아오는
우기 속의 비행

(『로스안데스문학』 통권4호, 1999)

051 남미통신-아침 카페에서 _ 배정웅

아침이다. 카페에서 아르헨티나산 커피가 알맞게 익고 있다. 투명한 통 유리창 안 꿈에서나 본 듯한 금발머리의 서양 여자가 그림으로 그려졌는지, 살아있는지, 황홀하게 앉아 있다. 어드메서 바람이 알몸으로 부는지, 남풍이 알몸으로 부는지, 난로에서는 천연가스의 불꽃이 겹겹 제 몸을 태우고 있다. 이른 아침이다. 카페의 커피 잔 달그락거리는 소리가 잠든 세상을 깨우고 있다. 그림으로 그려졌는지, 혹은 살아있는지 애매한 서양 여자의 동공에 겨울햇살 한 줌, 작열하고 있었다. 오오, 이 겨울의 또 다른 일출.

(『새들은 뻬루에서 울지 않았다』天山. 1998)

052 파노폴리아(전신갑주) _ 서상희

폭풍에도
쓰러지지 않는 진리여야 합니다.
태양에도
녹아 내리지 않는 의와
사막의 뜨거운 모래에도
빙산의 차가운 얼음 밭에도
끄덕하지 않는 평안이어야 합니다.
칠흑 같은 어둠을 헤맬 때
새벽은 꼭 오리라는 믿음
그 믿음으로
당신의 언어로 엮고
나의 기도로 짜서
천년만년 변하지 않을
사랑이어야 합니다.

(『로스안데스문학』통권11호. 2007)

48 _ 서상희

땅 위에 태어났다기 보다는
하늘아래 피어났는가 싶다

눈물이 앞을 가린다기 보다는
세상이 온통 눈물인가 싶다

시간이 내 어깨를 스친다기 보다는
내가 시간을 놓아주는가 싶다

(『로스안데스문학』 통권9호, 2005)

나무의 바람 Ⅱ _ 서상희

바람이 불면 흩어지는
그 모든 것을 그리워 한다

가녀리게 흔들리는
마지막 작은 잎새들 가지들…

한번 더 안아주자
한번 더 눈을 마주치자
한번 더 사랑한다
말을 해 주자
결국 사라지게 된다 해도
후회하지 않을 만큼…

바람이 불면 아파하는 그
모든 것이 그리워지는 이 가을

(『로스안데스문학』 통권8호, 2004)

엽서－딸에게 _ 심근종

너는 산처럼 중후한 품성으로
언제나 후덕하고 평안해야 하느니
세상 살기에 알맞게 총명하여 선을 찾아내고
알맞게 둔감하여 악을 모르고
어떤 고난도 헤쳐나갈 지혜가 있어야 하느니
늘 책을 읽고 심미안을 길러
고귀하게 한 세상 살아가거라
항상 감사하는 마음으로 동기를 우애하고
자손을 훌륭하게 길러야 하느니
여자의 본은 선(善)과 미(美)라
몸가짐이 정갈하여 집안은 아름답게 가꾸고
항상 미소를 담아야 하느니
애비의 걱정이 지구를 돌아가
네 곁에 맴돌고 있음은
또한 애비의 본이라
너를 믿어는 왔지만
애비맘 여기 담아 보내니
유물처럼 간수하여라

(병자년 동짓달에 부에노스 아이레스에서 애비가)

(『로스안데스문학』 통권2호, 1997)

피뢰침 _ 심근종

-허공을 저어-
바람을 건지면
시간이 남아있고
시간을 건지면
바람이 남아있다

시간과 바람을
동시에 건지면
발가벗은 구름 뒤로
피안길이 떠 오른다

그 청청한 가로수
대문까지 줄지어 서 있고
길에는 그리움이
화석처럼 박혀있다

(『로스안데스문학』 통권3호, 1998)

물새 발자국 _ 심근종

바다가 무어라 하지 않는데
까닭도 없이 서러워 진다네

어느 기억을 골라
이 외로움을 달래어보나
그리움에 눈을 감은 작은 새
파도소리 하나로 살아간다네

구름을 베고 누운 수평선에서
옛 시인의 노래를 고처 부르네
아껴주는 마음이 사랑이라면
미워하는 마음도 사랑이라네

아직도 봄은 멀리 있는데
바람을 쪼아 먹는 물새 발자욱

(『로스안데스문학』 통권4호, 1999)

058 새는 _ 심근종

아들은 편도선을 앓고
뜰에 와 쌓이는 꽃가루를 쓸어낸다
꽃
잎
나무들 밤새 몸부림치는 봄
새벽 4시에 삐유 삐유
목청을 가다듬는 새는
음정 박자 완벽하게
말초신경을 찔러온다
두견의 사촌인가
조수미 스승인가
초롱초롱
눈맞춤하고 싶었는데
문을 열면 어느새
그 모습 보이지 않고
뻽삐유 뻽삐유
눈발 같은 메아리 속으로
목청껏 아침을 불러
도시와 자연의 계곡 속으로
가득한 햇살을 모으고 있다

(『로스안데스문학』 통권4호, 1999)

059 **엽서(31)색칠** _ 심근종

운동 삼아 걸어 다닌다
남는 차비로
연산홍을 사다가
창문을 빨갛게 칠했다
약이 독하다 해도
늙은 것이 더 독하다며
하얀 세월에 검은 칠을 했다
손에서는 양념냄새가 났다
요즘 아내는 칼국수 장사를 한다
시골 음식 그대로 전수받은
어머니의 솜씨지만
질보다 상술이 모자라는
얼마나 내가 못났으면
어머니 솜씨를 팔아먹고 살까
"요즘 사람 입맛에 맞춰야 할까 봐"
국수를 입에 물고 아내가 웃는다
작은 손은 노랗게 양념 꽃이 피었다

(『로스안데스문학』 통권5호, 2000)

060 헌시(고 임동각님의 추모시) _ 심근종

영정이라던가
조시라던가
고이 잠들소서라는 말들이
마음에 용납되지 않아서
그냥
청원에게 드리는 헌시라고 합니다.

새벽 하늘에 별이 지듯이
성품만큼이나 이별도 깨끗하시구려
그렇게 총총 가시면서까지
누를 보이기 싫던가요
청원
수구초심이라며
조국에 와서 같이 살자더니
생시의 모습처럼
깜끔만 남겨놓고
불현 듯 떠나시어
문우들 가슴에
주먹질을 하시네요
청원
장마비로 젖은 이 밤에
당신은 겨울 비 속에서
아름다운 곳을 골라
부에노스 아이레스 땅에 누울 건가요.
어찌하여 작별의 말도 없이
슬며시 가시나요.
미래문학지의
서표를 영정삼아

아깝고 분하여 홀로 웁니다.
생시의 우리 이별은
인터넷으로 달랬더니
거기는 어떻게 연락을 하란 말이요.
아, 무정한 사람이여.
근근히 살아가는 내 몰골을
부끄럽게 해 놓고
당신이 먼저 가면 안 되는데
안 되는데
일상용어로 시를 써도
힘이 있다면 추켜세우더니
나 이제 누구를 벗하여 시를 쓰고
누구를 향하여 시를 논할꼬.
아, 참담한 이 상실감이여.
무시로 들어와 놀자더니
아무리 클릭을 해도
당신이 있을 창은 텅 비어만 있네요.

청원
당신처럼 정갈한
시비 하나 세워두면
바람되어 찾아가리다.
비 되어 닦아주리다.
머지않아 만나겠지만
만나겠지만……

(『로스안데스문학』 통권9호, 2005)

송이 버섯 _ 심근종

검푸르게 이어지는 송림 사이로
하얀 모래톱이 섬처럼 떠 있고
한가로운 전설처럼
사향노루 발자국도 거기에 있었다

백련사 뒷산에 송아 가루 날리던
윤 사월 바람도 불어와
한산모시 피륙 같은 파도를 굴려오고

융단 같은 솔가리를 귀두로 치밀며
거하게 발기한 송이버섯도
바랑 속에 든든하던 그 날

해 그림자 한낮을 지나
양지바른 무릎 위에
도시락도 푸짐하던 날

(『로스안데스문학』 통권5호, 2000)

⁰⁶² 사랑의 연가 _ 윤상순

나에게 아직도 사랑할 수 있는 빛깔이 남아있다면
그 빛은
초 여름날 짙은 안개 속에
살폿 얼굴을 내미는 수줍은 아침 태양이고 싶다.
나에게 깨달음의 진실을 알고
여여함의 의미를 이야기할 수 있는 시간이 남아있다면
그 시간은
무지개 색도 아니요, 화려한 장밋빛도 아닌
흰 뭉게구름 뒤로 밝게 빛나는
가을 하늘의 보름달이고 싶다.
어느 날
초연히 내 앞에 서 있는 세월은
너의 큰 눈동자보다 더 퀭하게 열려있는
동공에 놀라 뒷걸음쳐 버리고
내딛는 걸음 속에는
너의 사랑을 외면한 철없던 마음 있어.
날개가 없어 푸른 하늘을 날지 못해
푸른 빛을 모른다고
푸른 하늘을 모른다고
뽀록뽀록 물방울만 올리며 노래부르는 네 모습에
나는
너의 마음의 노예가 되어
기약 없는 세월 속으로 돌아가련다.

(『로스안데스문학』 통권5호, 2000)

⁰⁶³ 거울 _ 윤상순

어찌

네

몸 값을 알 수 있으랴
(『로스안데스문학』 통권8호, 2004)

064 이과수 폭포(2) _윤춘식

숲이
일곱 색의 무지개로 탄다
타다 남은 재들도
무채색 물이 되어
하얀 나비떼가 태양 속에 부서져 내린다

부글부글
백장미 꽃다발로 끓어 넘치는
순 식물성 용광로
불변하는 물의 항아리를 구워
구름 위로 끌어 올린다

차디찬 설원의 증기가
악마같이 춤추다
절벽 아래로 뼈를 묻는
님프들의 이념이여

수천 수만의 램프를 켜고
타버린 물의 깃을
종이 비행기처럼 접고서
산새의 사랑은
산새의 사랑은
인디오의 북소리인양
정글에 퍼진다

(『로스안데스문학』 창간호, 1996)

이과수 폭포(4) _윤춘식

숲은 꿈꾸듯이
속옷을 벗고
물의 길고 긴 덫에 걸려
유혹인 양 지표에 내려 앉는다

용암을 끓이던 물의 기름
차르르, 찬란한 살갗에 빛나고
아무도 죄를 잠재울 수 없는
혼돈의 결투장

투우사도, 황소도, 2차대전도, 6.25도
누군가의 억울함도 애정까지도
범벅이 되는
천연스레 물안개 자욱한
악마의 숨통(Garganta del Diablo)

물 묻은 금강석
긴 허리에 두르고
스스로 발광체를 만드는
물의 오만한 향연
기인 목
기인 다리
중세의 사제처럼
은빛 자락으로 피어 오른다

(『로스안데스문학』 창간호, 1996)

마르 델 쁠라따 찬가 _윤춘식

누가 뭐래도 너희는 은빛이다
저 옛날 스페인 군대가
무장하여 다스렸던 푸른 파도 위에
뜨거운 선혈을 흘렸을 때도
너희는 은빛이었다

누가 뭐래도 너희는 금빛이다
산 마르띤 장군이 독립을 위해
찬 돌에 붉은 피로 못 박고
화산처럼 자기 몸을 불살랐을 때도
너희는 금빛이었다

석양이 명량하게 해변에 활주로를 펴고
너희는 변함없이 광야를 넘어 온
꿈을 낚는 고깃배 같아라

싱싱한 살내음이
모기떼처럼 번져가는 호반의 마르 델 쁠라따
벗고사는 여름이 좋아 제 동포를 모으며
온 몸으로 사랑하는 무공해식품같은 인정이여

사람이 서로 만나
토기를 구으며 생선을 말려도
인간답게 살으라고 대서양의 수평선이
은빛따라 속삭인다

(『로스안데스문학』 통권2호, 1997)

당신이 그 하늘 높은 곳에
도달할 즈음,
예배당 종소리 호수 위로 굴러오는
꼬빠까바나에 가 보았는가?

눈이 시린 검은 물결을 딛고
은빛 갈매기를 따라
숨막히도록 가파른
한 세상을 넘어가 보면

거기, 조그마한 호수마을
돌담 그늘 아래서
당신을 맞이하는 노라를 만날 것이다.

아리따운 손을 흔들며
에우깔립또 꽃잎처럼
욕망의 호수를 가리키는 노라에겐
파도가 안겨주는 산소로 얼굴이 젖는다.

열세 살 노라는
수평선에 둥둥 떠다니며
이름도 없이 가출한
아이마라족 아버지를 기다리고 있다.

당신도 그곳에선
노라의 눈동자와 함께
꼬까잎을 씹으며 빈손으로 돌아오는
노라의 아버지를 기다리게 될 것이다.

(『로스안데스문학』 통권6호, 2002)

야생화 _윤춘식

태양의 섬에 핀 미끈한 '에우깔립또'
태초부터 흩날리던 생명이라 부르기 전
너는 '아이마라' 부족의 혼이었다

부질없이 '야마'를 유혹해도
'야마'는 너의 순결을 꺾지 못하고
'빠차마마'는 뾰족한 혈관으로
혼혈의 열매를 지켰다

태양이 놀러 와
호수 위에 심어놓은 야생화 몇 송이
사람이 그리워 멀미하듯
뱃전에 펄럭인다

질겅질겅
너도 스페인 총칼에 머리가 동강난
'꼬까'잎을 씹는구나

* 야마(Llama) : 안데스고원 지대의 하역용 작은 낙타
* 빠차마마(Pachamama) : 잉카제국 전설에 나오는 생산을 총괄하는 자연의 여신
(『로스안데스문학』 통권6호, 2002)

069 당신의 우물 _ 이강원

내 마음을 활짝 펴 종이처럼 만들었지요
그리고 차곡차곡 접어서 두레박을 만들었어요
저는 그 두레박을 타고
당신 가슴 속에 있는 우물로 내려갔어요
그 우물은 깊고 깊어서
두레박줄을 여러 개 준비하고도 모자랐어요
넓기는 또 얼마나 넓은지
며칠 몇 밤을 탐색하고도 찾지 못했어요
사랑의 씨앗
제게로 날아와 꽃밭을 만들 그 씨앗 말입니다
당신 우물 속의 좁은 골목길까지 알게 되었어요
그곳에 고여 있는
물
모두 길어 올렸어요
바닥이 보이도록
이제 당신의 가슴은 사막이 되었어요
제 두레박이 주는 물만을 받아야 해요
사막에 떨어지는 달빛을 밟으며
매일 밤 당신에게로 가겠습니다
두레박을 가득 채우고서
사랑의 씨앗을 찾을 때까지

(『로스안데스문학』 통권5호, 2000)

주술에 걸린 나무 _이강원

님도
친구도 없이
넓은 들판에 혼자 서 있는 나무 한 그루
사막에 떠 있는 배처럼
정글에 숨은 해처럼
길게 늘인 그림자

누가 말해 주었다
그 나무는 주술에 걸린 나무라고
시간을 마시고 자라는 나무라고
만월 때면 검게 탄 심장을 꺼내어
잎사귀에 매달아 놓고
기둥에 낀 두텁고 짙푸른 이끼로 성장하고
구겨진 기억을 꺼내어 종을 치듯 흔든다고 한다

나무는 무언극을 하고 있다
주술에 걸린 사람들만 이해하는 극본을 가지고

나무 주위에는 늘 많은 사람들이 서성거리고 있다

(『로스안데스문학』 통권6호, 2002)

형체도 없는 것이
냄새도 없는 것이
주렁주렁 열려 세상에 나가길 소원하더니
붉은 동굴 사이로 빛이 새어 들자 마자
비단 구렁이처럼 스스스 빠져 나오는구나
너의 붉은 혀가 헤집은 세상은
신음소리로 가득차고
너를 내어보낸 텅빈 토굴은 쓰디 쓴 짓물이
넘쳐 오르니
너는
대체 무엇이란 말이냐
악 惡 악
도처에 넘쳐나는 비명소리

(『로스안데스문학』 통권6호, 2002)

인생 _이정은

무의미한 삶의 표상처럼
아무런 몸짓도 하지 않은 채
뒤틀린 사자의 몸부림으로
삶을 갉아먹던 바람은 어디로 갔는지
가야할 길이 어디인지 어디로 가야하는지
세월의 긴 그림자를 밟으며 삶을 이야기한다.

인생을 넉넉함으로
높푸른 하늘 넓다란 하늘 아래
하얗게 나르는 기러기 한 마리 날매
수십 평생을
고인돌도 아닌 돌하루방도 아닌
숯가슴 속으로 삭이며
오랜 세월을 흘려보냈으니
세월의 주검들을 위해
기나긴 묵상의 기도를 올린다.

(『로스안데스문학』 통권12호, 2009)

073 **햇빛이 머무는 곳** _ 이향희

반짝이는 것은 무엇이나 좋았다
낯선 곳에 도착했을 때
잎사귀에 매달린 물방울이
금새 다이아몬드로 바뀐다

푸른 달팽이는 세상과 등진 듯
바위 위에 목 내밀고 잠든다

배추벌레는 나비가 되기 위해
조금씩 부풀어 오르고 있다

끈끈한 삶의 행렬은 잠시
대열을 벗어나 햇빛 속으로
증발한다

계곡의 물줄기 위로 사라진 햇빛이
줄무늬 비단이 되어 곱게 눕는다

(『로스안데스문학』 통권9호, 2005)

074 '산 뗼모 페리아'에서 _ 이향희

귓가에 들리는 옛사람의 숨결
영욕의 순간들을 곱게 접어두고
회한의 눈물도 붉은 조명 뒤에 숨어버린다
번쩍이는 눈빛들 가운데 침묵만 지키는
시대의 증인들
그리움이 배어난 아련함에 스치는 미소가 어색치 않다
그림 속에 빛 바랜 여인이
아직도 풋풋함을 자랑하고 있다

(『로스안데스문학』 통권8호, 2004)

075 어제 만난 女人 _ 이희창

너는 한 번도 나와 함께 있은 적이 없는
항상 미지(未知)의 女人이었어라.
나는 지금까지 경건(敬虔)한 사랑의 침묵(沈默) 속에서
잔잔한 기쁨을 가지고 너를 기다리고 있었어라.
너는 우리가 절대로 울지도 헤어지지도 않을 것을
이미 잘 알고 있는 나의 자랑스러운 女人이어라.
너는 그윽한 연꽃의 향기와 같은 女人이어라.
너는 내가 영원히 호흡(呼吸)하는 女人이어라.
이제 너는 나의 피와 살이 될 것이며
내가 미래에서 만난 마지막 女人이어라.
마치 너는 내가 살아 있기 위해서는
너만을 순수(純粹)와 눈물로서 사랑하지 않으면
안 되는 것같이
내가 예전부터 사랑하고 있었던 아름다운 女人이어라.

(『로스안데스문학』 통권10호, 2006)

산 _ 임동각

당신은
호수의 맑은 물에
투영된 채 몸을 사르고

하늘을 향하여
힘찬 몸짓으로
줄기차게 솟구쳐 메아리 친다

긴긴 세월
그토록 엎드려 통원하는
애절한 기도

때로는 심장의 고통을
선혈로 토해
온 천지 용암으로 덮어버린 당신

오늘은 하얀 고깔모자 쓰고
구름 타고 멀리멀리
유랑의 길을 재촉한다

그대는 열 여덟
수줍은 가슴
계절 따라 다홍치마 색동저고리

근엄하신 몸매에 분단장하고
연두색 차렵 이불
곱게 펼쳐
너울너울 손짓으로 가슴을 여는
당신은 언제나
내 영혼의 고향

(『로스안데스문학』 창간호, 1996)

이키토스(IQUITOS)의 인디오 _ 임동각

우유빛 하늘을
강물에 씻기 우고
적도의 습한 열기는
아마존 강줄기 따라 안개꽃 피운다.

계곡의 늪을 헤집고
정글 속으로 펼쳐진 시원(始原)의 땅.
침입자의 보트소리에
구름은 품었던 자리를 내어놓고
마라논(MARANON)은 부스스 눈을 비빈다.

원시림 속에 묻혀있는 "알베르게"
스스로를 고집하여 변할 줄 모르고
세속을 외면하는 이 땅의 주인들
굳이 사타구닐 가리지 않아도
부끄러워야할 이유가 없다.

긴긴 세월
때 묻지 않은 자연그대로의 모습으로
더불어 조화로운 야성 속에
바람도 구름도 밀림도 강물까지도
알몸인 채로
관능적인 인디오 특유의 춤을 춘다.

언제라도
인간의 모습을 탐하지 않는
이 땅의 여명(餘命)으로 남아 있으려나.

* 이키토스(IQUITOS) : 페루 북부에 위치한 도시
* 마라논(MARANON) : 강 이름
* 알베르게 : 원주민 인디오들의 주거지
(『로스안데스문학』 통권2호, 1997)

바람아 바람아 _ 임동각

빛 바랜 숨결들이
바람이 언덕을
노래한다.

신선함을 뿌려놓은 환영(幻影) 속으로
덧 없이
분별없이 부는 바람아.

낮과
밤을 사르는
길목에 서서
속절없이 풀어놓고
부는 바람아.

하늘은 비워내도
빛으로 온다
생명을 불어넣은
영혼 속으로

그래서
가슴에 가슴에
부는 바람아

(『로스안데스문학』 통권3호, 1998)

079 호반에서 _ 임동각

그대 유혹의 언덕은
넘칠 듯한 그대의 넓은 가슴이
깊어가는 가을의 노래를
부르고 있었다

그대 유혹의 언덕에선
비워내지 못하는
아쉬운 흔적들을 매만지며
잠자는 영혼처럼
맑고 깊은 심성들을 일깨운다

그대 유혹의 언덕에선
우수의 묵은 정적들을 풀어놓고
너의 모습에 따라
당신의 숨결이 음영처럼
형상화되었다가 사라지는
저 하늘을 바라본다

구름의 모습처럼
드높고 고결한 침묵이
깊은 여운을 간직한 채
영원한 명상으로 물들인다

그대 유혹의 언덕에선
고독이 만류하듯
잔영이 쓸어간 심연의 가슴에
노정이 깃드는 것을
그대만은 아는 것 같다

(『로스안데스문학』 통권3호, 1998)

080 하늘을 바라보며 _ 임동각

스스로 마음을 비우는 것은
당신의 사랑이 넘치기 때문입니다

바람이 부는 대로 흔들려야 하는 것은
살아가는 법을 가르쳐주기 때문입니다

구름이 덧없이 흘러가는 것은
맑은 영혼을 일깨워주기 때문입니다

바다가 소리소리 외쳐대는 것은
마주보는 하늘이 푸르지 않기 때문입니다

우리가 하늘을 쳐다보는 것은
돌아가야 할 고향이기 때문입니다

이 순간 저기에 있지 않고
여기에 있다는 것은
빛을 잃지 않은 애정이 있기 때문입니다

나
이 한정된 시간 속에 매여
영원한 진리를 깨우치지 못하는 것은
삶에
집착만 살찌우고 있기 때문입니다

(『로스안데스문학』 통권4호, 1999)

081 님의 기척-동반자 _ 임동각

곁에서 나를
바라보는 자여
그대 젊음의 뜨락에
내 방황을 쉬게 하였듯이
늘 친숙히 보듬어
사랑의 텃밭을 일구게 하였네

곁에서 나를
일으켜 세우는 자여
때로는 시간의 채찍에 쫓겨
의지를 잃고 허우적일 때
자신을 접어놓고
봇물을 터
흐르게 하였네

그 슬기와 보람
아름답게 피어
하늘을 향해 솟기도 하고
빛나기도 하리니
머무르거나 그칠 수 없는
오늘의 맥박을 느끼게 하였네

(『로스안데스문학』 통권6호, 2002)

동백꽃 _ 임동각

네 허무
얼마나 깊었으면
한 번쯤
간절하기도 했던 순결
송이송이
떨궈 놓고

차가운 세월의
뒷덜미를 잡고
세상사 적시도록
절연이
몸을 사르나

시리도록 아픈
가슴 저미는 사연
선혈로 토해내어
화사한 언어로
불을 지폈네

그리움이 망울진
자리마다
정절로 피어
다소곳이 돌아앉은
정결한 몸짓

(『로스안데스문학』 통권7호, 2003)

083 사랑이여 _ 임동각

사랑이여
그대 한 송이 꽃이었을 때
나 한 줌
스쳐 가는 바람이었네

그대 어둠 속에
빛나는 별이었을 때
나 밤하늘을
맴도는 구름이었네

사랑이여
어쩌면 그리도
매혹적인 모습으로
간절함을 담아 두었더냐

그대 고운 텃밭을 닦아
꿈과 행복을 일굴 수 있도록
가장 찬란한 빛을
내게 밝혀준 당신

사랑이여
나로 하여금 아름다운
당신을 늘 노래하게 하소서

(『로스안데스문학』 통권7호, 2003)

그대는 목련 _임동각

그대
애련愛蓮 이여

성숙하고 풍만한
아름다움의 절정에서
가슴 속 타는 불길
회한 없이 사르려 함은

굽힐 줄 모르는
순결 때문이리라

그대
애련愛蓮 이여

하얀 입술 열어
시린 속살 들어 내놓고
못다한 시름
정절로 피우려 함은

남모르게 사무치는
열정 때문이리라

그대
애련愛蓮 이여

백설보다
고운 정조情操
소로기 끌어안고
온 몸을 던져
생명의 등불을
밝히려 함은

그녀의 마지막
자존 때문이리라
(『로스안데스문학』 통권8호, 2004)

085 **박꽃** _ 임동각

긴 밤 지새워
퍼 올린
숨결

은하 강변에
소원
적시려

살풋
고름 풀어
속살
드러내 놓고

뉘 볼세라
수줍음에
타는
그리움

(『로스안데스문학』 통권8호, 2004)

나 여기 있음은 _ 임동각

나 여기 있음은
창가에 맴도는 파란 하늘을 우러러
황금빛 환호의 기쁨을
맞이할 수 있기 때문입니다

나 여기 있음은
간절한 서원과 무한한 가능성을
슬기로운 삶의 진실로
노래할 수 있기 때문입니다

나 여기 있음은
보일 듯 들릴 듯 손에 잡힐 듯
부질없는 욕망의 늪에서
벗어나 마음 비우고
감사할 수 있기 때문입니다

이 모든 것들이
내 삶의 미소가 되어
보람으로 피어날 것을 예감하고 있기 때문입니다
나 여기 있음은

(『로스안데스문학』 통권9호, 2005)

087 필연적 보편성 _ 임동각

나 함께 어울려
곁에 머물고
더불어 한 세월
벗이고저 하였거늘

누리에 거居한들
실實일 수 없으며
살아 실제 누린들
득得일수도 없음이라

보고 본들
보여질 수 없음이며
가고 간들
돌아 갈 수 없음이라

헤아린들 영겁을 탓하랴마는
삶의 본향을 찾기도 전에
부르는 듯 가버린
엇갈린 순간

(『로스안데스문학』통권9호, 2005)

한 올
곱게
드리운 빛

마음속에
고여

남모르게
다독여
여물어 갑니다

가슴 적시는
당신의
숨결

(『로스안데스문학』 통권8호, 2004)

네 이름은 '띠그레' _임동각

모래톱을 쓰다듬는
아연 물결 위에
속살을 드러낸 작은 섬

풀섶에 아롱이는 목숨
절로 절로 피어
밤마다 부서지는 별빛을 안고
맑은 세상 그대로
불타고 있었네

스산한 발길 적시며
깃든 철새처럼
깊은 정적을 찢고
오가는 란차(Rancha)
귀 기울였던 오솔길에
아늑히 머물다간 흔적들

범의 옷깃처럼 이어지는
델타(Delta)자락에
황혼 빛 물들어
얼룩지는 세월을
너울너울 흘러가는
강물은 알고 있을까

* 란차 : 섬과 섬 사이를 오가는 갸름한 작은 배. 해상택시
* 띠그레 : 라쁠라따강 하구에 호랑이 무늬처럼 이뤄진 섬들

(『로스안데스문학』 통권8호, 2004)

090 **수선화** _ 임동각

나약한 의지만으로
하늘을 바라보다가
그리움으로 남아 있습니다

남모르게 웃음 지으며
소리 없이 뛰쳐나와
마음의 문을 열었습니다

화사한 아침 햇살
소록이 쓸어안고
아롱지던 가슴마다
당신을 위한 시간을 마련해 놓았습니다

떠올리기만 하여도
찾아 들면 좋으련만
그려 볼 때마다 곁에 있으면 좋으련만

님 소식 전해오는 바람결에
철썩이는 파도소리 수놓아
간절한 마음도 함께 띄워 보내 드립니다

일상을 접어놓고
간청하는 눈망울을 보옵소서

계절도 잊혀져 간 호반에서
가녀리게 춤을 추는
내 영혼을 보옵소서

(『로스안데스문학』 통권7호, 2003)

091 내 고향 청양 _ 임동각

산 넘어
구름이 흘러가는 곳
바다 건너
세월이 스쳐 가는 곳

당신의 어지신
숨결 속에는
이 세상 깊은 뜻
숨어 있을까

저 세상 높은 뜻
담겨 있을까

이 길이 끝나는
하늘가에는
그리움도 거기에
머무려무나

바람도 그곳에서
쉬어 가리니

(『로스안데스문학』 통권7호, 2003)

님의 기척(5)-나그네 _임동각

나는 나그네
세월의 길목을 서성이며
비바람에 찌들어 헤매던 나그네

온통 알몸인 채
나약한 열정만으로
줄기차게 외쳐대던 나그네

때로는 허욕의 옷을 입고
쾌락과 탐욕에 눈이 멀어
하늘을 원망했던 나그네

어느덧 귀항지에선 어둠이 내리고
불타 오르던 꿈의 여정이
아무도 기다려 주지 않는
고난과 두려움의 행로로…

어찌 이 험한
돌이킬 수 없는 길을 재촉하는가
거리의 외로운 순례자여

(『로스안데스문학』 통권6호, 2002)

가을에 온 편지(27)-가을비 _ 임동각

소리 없이 젖어 드는 것은
어찌 내 마음뿐이랴

잊혀진 시간들을
추서려 어루다가
비워진 가슴

덧없는 실상으로 채우려는가

적실 것 적셔놓고
지울 것 지워버리고

추녀 끝에 매인 적막
저 홀로 거느리다
이 밤을 떨구려는가

어둠은 다소곳이 몸을 접고
유리창은 과거 속에
거울처럼 맑다

(『로스안데스문학』 통권5호, 2000)

094 가을연서·Ⅶ-나는 모를 일 _임동각

나는 모른다

어쩌다가
내 마음을 일깨웠는지
나는 모른다

어두움이 시샘하는
밀월의 늪에서

영혼의 앞자락에
별을 따고 있었음을
나는 모른다

그것이 사랑인지
욕망인지
허기진 욕정이었는지

(『로스안데스문학』 통권5호, 2000)

095 가을 벌판에 뿌려놓은 소박한 미소 _ 임동각

세월이 타다 남은 끝자락에선
비정을 일깨우는 바람결만
풀섶에 몸을 비비며 설레고
텅 빈 잔디밭에는
황금빛 정령에 깊은 뜻
청순함을 사르며
생명의 진실을 노래한다

동화거나 전설의 색깔로
남모르게 속삭이는
철 잃은 풀꽃

숲 속에 걷히는 안개처럼
이승을 뛰어 넘는 완연한 질서를
하늘에 닿을 듯 굽힐 줄 모르고
엄동에 떨고 있을 향수도 불러내고
다시금 희열에 찬
생명에 빛의 공간을 열어
낙조처럼 장엄한 가을을 부른다
'에스꼬바르' 가을의 뜨락에선

(『로스안데스문학』 통권4호, 1999)

096 GRAL Lavalle 낚시터 _임동각

산자락이 끊어진 지평선으로
해안선이 굽이치는 강어귀
가슴 깊이 쌓인 연민은
이미 강물이 되어 바다로 흐르고 있었네

되새기듯
밀려드는 상념의 물결
뇌리에 스쳐가는 허허로운 일상들도
흔적 없이 띄워 보내고 있었네

낙조에 물든 초원이
금빛으로 타는 줄도 모른 채
반짝이는 은빛 강물만이
가스에 빈 가슴에 무던히도 퍼 담고 있었네

하늘 향해 품었던 붉은 마음
강바람에 잠재우고
가슴을 적시던 달빛만을
강물 위에 쏟아 붓고 있었네

지나간 기억들은 씻겨져 갔어도
당신은 얼마나 많은 침묵의 날들을
흔적 없이 이곳에 불러 세울 건가요
부질없이 웃음짓는 설운 나그네

* 헤네랄 라바제 : 아르헨티나의 중부지방에 위치한 대서양 연안의 작은 포구
　　　　　　　－조기잡이 낚시터가 있는 곳

(『로스안데스문학』 통권3호, 1998)

097 'USHUAIA'의 설원 _임동각

하늘을 떠 바친
은빛나래
하얗게 부서져 비원을 이루고

깃발처럼 휘날리는
순결한 영혼
운해를 이룬 듯 설원의 바다

천 년인들 하루같이
숙연한 청정
영원한 침묵으로 장엄을 이룬다

설령에 유성처럼
쇠잔한 햇살
남극에 쏟아 부은 은빛 강물

세속의 상념을 떨쳐버린 채
극야는 백야의 설국에
지새워 꿈을 먹는가

오, 당신의 뜻으로 멈춰진 시간
하늘로 이어진 영원의 길이
바로 이어진 영원의 길이
바로 여기에 있으렴인가

* 우수아이아 : 남미대륙의 최남단에 위치한 아르헨티나의 작은 도시. 1950년대까
          지 우배지로 사용하였으나 지금은 남국탐험의 전지기지임.

(『로스안데스문학』통권3호. 1998)

이민 _ 임동각

어둠을 퍼내는
눈먼 사람들

비워진
한쪽 찾으려
황야를 치닫는가

깃을 펴는
여백의 땅에
하늘 모르고 가꾸어 놓은 꿈

상처 깊은
흔적만 남겨놓고
하늬바람 타고
또 어디로 달려가 흐느적이는가

눈이 먼
삶의 여정 속에
영혼을 불살라
어둠을 펴내는가

(『로스안데스문학』 통권2호, 1997)

099 꽃시장 _ 임한나

태초에
아담과 하와는
한 송이 꽃이었었다
무상한 세월이 요염한 꼬리를 물고
생뚱맞은 바람으로 휘둘러 놓기 전에는
아무리
세월이 약이라 한들
태초를 거스른 문
땅거미 진
가시채찍에 찢긴 상처
이 묘연한 세상살이에서
언제나 아물지 누가 알랴
매연에 눈먼 세상은 그저 몸에 벤 습성대로
철 이른 꽃바구니 계절마다 풍성하다
그 꽃 속에라도 묻혀 보아라
덩달아 꽃이 된 당신
이 순백한 진리
무색의 이슬 나들이 오는 첫 새벽 눈뜨고
태초의 아담과 하와 한 송이 꽃
정갈하게 받쳐 들고
에덴의 끝자락 향해
햇살보다 가뿐한 여행을 떠난다

100 그리움 _ 임한나

바람 한 끝
서늘한 저녁
머루 빛 어둠 내리며
사박사박 걸어오는 달 그림자
상념에 젖는다
보고 싶다
뉘야!
뒤뜰 안 석류는
별을 품는다

(『로스안데스문학』 통권12호, 2009)

101 그래서 _ 임한나

사람이라서 그만큼 섧고
사람이라서 그만큼 안쓰럽고
사람이라서 그만큼 분하다
왜 나무처럼 살만큼
꼿꼿하게 못 살까
오죽하면 버렸을 목숨
다 살다가도 백 년을 못 꼬불치는 생
이해해도 밉고
감싸봐도 밉다
명색이 잘났으면 무엇에 쓰나
밥 한 술은 구걸해도 목숨은 구걸할 수 없는 것
들풀만도 풀꽃만도 못한 삶
바람이 허허 웃는다

(『로스안데스문학』 통권12호, 2009)

'레띠로'에서 _ 임한나

아직
너의 이야기는 그칠 줄 모르고
단풍 고운 담쟁이
넝쿨 손 되어
하얀 파도
찬 바위 쓰다듬는
갯가로 가고
아쉬움이 살갑게 손 흔드는
차창 밖으로
우리들의 어설펐던 꿈
세월이 날개 짓하며 날아오른 뒤
허전한 빈 손 부끄러워
돌아서서
이만큼 오던 길 멈추고
텅 빈 웃음 눈물 나게 시린
빈
가슴으로 웃는다

* 레띠로 : 역 이름

(『로스안데스문학』 통권11호, 2007)

숨어 웃는 행복 _ 조미희

약속 없던 친구가
사 들고 온 Masas Secas*(생과자)
가며오며 옮겨 놓았을
발걸음 숫자만큼이나
소복하게 담겨 있네

꽃 모양 잎 모양
세모 네모 반달 Corazon*(하트) 모양까지
희망을 꿈꾸는 누군가가
삶을 다져 넣고 반죽하여
만들었으리라

시간으로 금 그은 오선 위로
찻잔에 녹아드는 오가는 말들이
분홍 빛 물방울로 걸터앉아
한 입 물때마다
열망의 세포들이 혀끝에서 분열하는
모양 따라 숨겨진 비밀의 맛
이름 지어 부르지 못할
숨어 웃는 작은 행복

* Masas Secas : 생과자
* Corazon : 하트
(『로스안데스문학』 통권10호, 2006)

해거름엔 포도나무가 되고 싶다 _조미희

늦은 햇살에 감전된
그 떨림의 시작을 찾아 발 닿은 곳은
한 번도 가 닿은 적 없는 빛의 계곡
간간이 어미 품을 파고드는 몸집 가벼운 산짐승
불쑥 나타나 내 눈동자를 밟고 사라진다
날숨 쉬며 기다려왔던 시간만큼
그제서야
제 본래의 모습을 벗어버린
향기로 몸을 다듬은 풀꽃처럼 목이 긴 유리잔 속에서
휘청거리다 흘러내린 포도의 눈물은
침묵의 매듭을 푸는 향기가 된다
인도블록으로 가려진 푸석한 도심의 뿌리엔
빗물보다 진한 수혈이 필요하다는 걸 알지만
아무도 말하는 이는 없다
한 모금 머금고
상처 난 뿌리가 또 다른 상처를 천천히 핥아주는 동안
바람은 바람이 되어 소리를 내고
지친 몸을 내맡기는 평화는 길지 않아도 아름답다
둥글고 모난 아픔의 자리마다
손끝으로 흐르는 물길을 내고
땅을 들썩이는 뿌리엔 수액이 차올라
다가올 계절은 늘 푸르다
나무는
땅 밑과 땅 위에 몸을 나누고
하늘과 땅을 아우르는 성자다
지상에 귀를 대고 선 나무 그림자 사이로
사람들이 남겨놓은 눈웃음이 가로등으로 반짝인다
골 깊은 가슴과 가슴을 지나
금 가고 더께 진 생의 블록을 꿰매고 다듬는 동안

저녁 종 소리에
눈을 감는 하늘
해거름엔 모두
포도나무
그 가지가 되고 싶다

(『로스안데스문학』 통권11호, 2007)

105 달빛 수유 _ 조미희

도시의 무영탑에 올라
달을 본다
모난 호흡을 깎아내는 망치소리
초저녁이 한순간에 깊어지고
속눈썹에 가린 두 개의 달이 보름달 위로 착륙한다
문을 열 겨를도 없이 빛이 방류되는 둥근 방
수시로 내 마음을 꺼내갔던 당신을 만난다
달빛 수유하는 대지
겹겹 옷섶 여미는 목련
더 깊고 높은 곳을 꿈꾸며
바람을 등지고 선다
완전하게 차 오른 온음표
팽팽한 현을 끌어당겨
오래 다듬어 온 인연을 연주하면
뽀얀 살 위로 실핏줄을 드러내는 달
도시의 망루는 무릎이 굳은 채 경이롭고
고요에 발 딛고 선 빌딩들이
서로 잇대어
달을 물고 깊어가는 밤이다
목련 꽃등 속으로 아사녀의 그림자가 걸어 나온다

(『로스안데스문학』 통권12호, 2009)

따뜻한 표류 _조미희

창문은 게으른 눈을 뜨고
사람과 사람 사이의 생략된 문장부호를 찾아
낯선 목마름으로
저녁의 한 장면을 만지작거립니다
'라그리마'를 주문합니다
잘 맞물린 벽돌처럼 마음이 꼭 맞는 사람과 마주앉아
한 줄기의 적막을 들여놓고
시선밖에 서성이던 나를 불러들여
오래 그리웠다고 자리를 내어 줍니다
등 기댄 시간의 울림으로
태동하는 봄을 나누어 마시며 길어진 해를 바라보는 것은
걸어온 인연의 숲이 깊다는 것입니다
그사이 하늘에는 흰 피가 돌고
보세요
상처받지 않으려 자생을 멈추지 않는 가시들 고개 숙이고
초저녁 반달이 입덧을 시작했습니다
때로 누군가의 한 방울 눈물이고 싶을 때
망설임 없이 따뜻한 눈물이고 싶을 때
우리는 서로에게 겹자음처럼 새겨지는
사랑의 혈족이 분명합니다
오늘 일용할 양식의 마지막 한 방울은
'라그리마'군요
따뜻한 표류였어요

(『로스안데스문학』통권12호, 2009)

용서 _조미희

책 한 권을 펼쳐놓고 며칠 밤을 새워도
단 한 줄도 이해하지 못했다
가장 난이도가 높은 페이지
활자들이 무딘 시력을 용서할 수 없다는 듯
헛디딘 발처럼 깊은 수렁이다

마음에서 베어낸다는 것
엉킨 매듭의 끝을 놓아버린다는 것
아린 통증과 입 맞추며 생살 한 점 찢어준다는 것
뿌리 채 뽑힐 수도 있으나
흔들리며 흔들리며
마른 잎을 떨어내는 나목으로 선다는 것

그러나 보아라
시퍼렇게 분노하던 못 자리는 비어있고
마음의 가시는 다 뽑아낼 필요가 없다는 것을

상처가 지나간 자리는 모두
내가 사랑한 자리다

(『로스안데스문학』 통권12호, 2009)

기억한다는 것 _조미희

누군가를 기억한다는 건
스스로를 사랑하며 살고 있다는 좋은 까닭입니다
길을 걸으며 길을 내고
사람 안에서 사람이 되어 가는

누군가를 기억한다는 건
그 당당한 외로움만으로도 값진
끝내 닿지 않아도 좋을 항구입니다

일상의 분분함을 단절하고
뒤늦은 깨우침에 아파하며
영혼의 밭을 일구고 돌아오는 새벽입니다
내 기억을 다스리는 그대로 인해
표류하는 열정을 침묵으로 삭혀
현존으로 잔을 채워가는 그대 안의 충만입니다

누군가를 기억한다는 건
서로에게 동아줄 든든히 매는 일입니다

기억은
존재함이 자라는 토양입니다

(시집 『상현달에 걸린 메아리』, 문학수첩. 2008)

^{109} 까라보보와 참나무 _ 조미희

까라보보엔
참나무가 장승보다 늠름하다.
눈길 한번 주지 않던 원주민들 몰아내고
도토리처럼 짧고 야무진 꼬레아노를 불러들인 건
줄지어 선 참나무의 모함일 것이다.

참나무는
사랑채 지키시는 할아버지처럼 늘 말이 없다.
날마다 잘 여문 도토리로 아침상을 차리는지
아이들이 흘려놓은 절름발이 모국어를 온종일 교통정리 하는지
밤새 폭풍 속에 물구나무 서서 우리 죄를 대신해 통회를 하는지
나는 알지 못한다.
예수도 석가모니도 이웃하여 살고
꼬레아노도 아르헨띠노도 볼리비아노도 스쳐가는 까라보보엔
한글 간판이 안방마님처럼 당당할 뿐이다.

사막 거북이를 사러 가던 날
뚜벅뚜벅 올라선 계단엔
사군자에서 먹물 뚝뚝 떨어져 발목을 적시고
춘천 막국수가 부에노스로 망명을 오고
휴대폰에서 달려나온 김삿갓이 시를 읊고 나더니
발 달린 물고기가 유치원엘 가고
선인장 열매가 여인들의 손바닥에 주렁주렁 열렸다.
파란한 삶을 의자 등에 걸어 놓고
김치 한 조각 나누어 먹고 나면
답은 없어도 정해진 제 갈 길로 오라는 듯 달려갈 줄 아는
눈웃음이 고운 사람들이 모이는 찻집도 있다.

누가 심어 놓고 기다렸길래
사십 년을 고향처럼 지켜왔을까.
까라보보에 들어서면 가슴부터 두근거린다.
'그날부터 달력엔 내 생일이 표시되고
교차로엔 파란 신호등이 세워졌어요.'
세찬 바람으로 들려오는
참나무의 고백을 들을 수 있다.
까라보보엔
참나무가
소나무보다 푸르다.

* 까라보보 : 한인타운의 길 이름
(『재외동포 문학의 창』(제8회), 재외동포재단, 2006)

문살 두드리는 참새 소리에
새벽을 가슴으로 안았습니다

반짝이는 아침이슬
풀잎에 돌돌 말아서
온실 문을 활짝 열었습니다

호미로
생각 깊어가는 밭고랑을
사부작 사부작
땀으로 고르는 동안
아침햇살 내려와
흙더미에 몸을 눕니다

이랑과 이랑 사이
흙들이 돌아눕고
졸음을 쫓던 새싹이 꿈틀거립니다

흙빛 찬란하여
흥건히 아침을 적시는
땀 냄새
흙 냄새
밭고랑에 차오릅니다

(『로스안데스문학』 통권11호, 2007)

귀향 _ 주성도

바람이 분다
고국산천으로 귀향하는 그대
'라쁠라따' 강물을 밟으며 걷는다

모천에서 내림을 받지 않았던
혼탁한 세상 물에서
잘 살아 보겠노라고
숨가쁘게 몸부림으로 불 태우더니
울룽 울룽 물맥치던 세파가
그토록 그렇게 힘들던가요

포구처럼 비틀던 물질에 부대끼어서
숨을 불어 넣던 이민 삶이
벗겨진 알몸으로 허공을 만지면서
넘실넘실 강물 되어 흐릅니다

젊음은 뭉개져 흰구름 앉은 머리
이미 한 생이 저물어가듯
늙음만 가득 싣고 가네
바람만 가득 싣고 돌아가네

파도에 떠밀리는
낙엽 위에 앉은 물새 한 마리
목메어 서글피 울어댄다
(『로스안데스문학』 통권10호, 2006)

목련(木蓮) _ 주영석

그 線 위를 뛰여간 리듬과
가슴을 꿰뚫은 포탄이
한데 어우러져 전사한
그 무덤에
너는 피었어라

하이얀 꽃잎으로 손짓하며
고해하는 아픔으로 비틀리는
싸아한 향내~

그것은
무색 꽃무리의 시샘을
쓰다듬는
어쩌면 기도하는 마음

그리하여
조용 조용히 걸어왔다
사우는
낙수물같은
순교자의 꿈_.

(『로스안데스문학』 통권2호, 1997)

신문 _ 주영석

미래도 과거도 없다
오직 현재가 있을 뿐.

꿈도 없고 행복도 없고
오직 사실만 있다

정치, 음모도 있으나
희망이 없다

사건이 있고 죽음이 있고
슬픔이 있다

모드가 있고 섹스가 있으나
사랑은 없다

나침반은 아니고
생활 지도 같은 것.

그러나
매일 기다려지는 것

오늘
한 장의 신문.

(『로스안데스문학』 통권3호, 1998)

봄을 기다리며 _주영석

웃음을 물고 있는 꽃봉오리 틈새로 난
오솔길을 걸어 당신과 만납니다.

밤새워 길을 닦은
봄의 입김은
따사로운 아지랑이로 당신의 영광을 수놓고
시간마다 연둣빛 생명을 덧뿌리는
당신의 손 끝에선
황홀한 생명의 춤사위가
광활한 우주를 무대로 끝없이 펼쳐집니다.

복제 양 둘리에 이어
어느 으슥한 실험실에서
섬뜩한 복제 인간이 걸어나올 날이
바로 내일이라 하고
오장 육부를 타이어 갈아끼우듯 하며

이백, 삼백 년을 살 수 있다해도

한 포기 들꽃의 생명
암내 낸 고양이의 수염 한 가닥조차
살아 숨쉬게 못 만드는
초라한 과학의 한계만 앙상한 것을

이제 한 치의 오차도 없이
일 년 스물 네 절기를 돌아온
당신의 따스한 숨결 속에
낙엽을 떨구고 긴 겨울을 참아 견딘
나무 가지마다

당신의 무한한 사랑처럼
복음처럼
새 잎이 돋습니다.

(『로스안데스문학』 통권5호, 2000)

115 골방에 들어온 숲 _ 허드레

나무는
자기가 나무인 것을 모른다

너의 허리를 꺾어 놓은 한랭전선이
森林 속으로 사라지고

퇴로가 없는 과녁을 돌아
숲을 이룬 하늘, 진흙 땅을 헤매어
原初에 이르는 秘境
나무는 가랑이를 벌려 그 核 비장을 연다

숲을 끌고 오는 나이테
回航의 비단길 그것이 자기인 것을
나무는
죽어서 자기가 무엇인가를 안다

화촉동방이 냉돌이 되었구나
蓮아! 골방에 들어온 숲으로 가자

(『로스안데스문학』 통권6호, 2002)

갈 꽃 _허드레

꽃잎 하나 보려고 삭신을 가르고
진물이 흘렀다

세상이 묻어난 자리
매미는 간데없고
흐느적거리는 굼벵이 허물
벌 같은 이마에
꽃바람 이르러서
그 육골에 강바람 스쳐 어름 꽃 삭인
하얀 갈꽃

소망이 있어 잠시 왔다 가는 짬에
삼삼하게 여무는 꽃이
아무 그리움도 모르고
내려앉은 들머리께 한 자밤
흙으로나 남을랑가

(『로스안데스문학』 통권7호, 2003)

¹¹⁷ 무지렁이 일기초-방황 _ 허드레

자미꽃! 나는 네게 바람이었다
사는 것이 바람이더라

어쩌다 구름 안고 하늘을 날기도 했다만…
뒷골목 검불들 몰아붙이고
시러배 망골들 담벼락 넘나들며
갈라진 고쟁이
들쑤시고 불어왔다
부둣가 난장판 비실비실 불어왔다
때로는 들판 가로질러
번들번들한 뾰족당 문턱 들락거리며
불기도 했다

무덤에 피어있는 붉은 자미꽃
너는 내게 허깨비가 아닌데
뒤틀린 내 가슴으로 안을 수가 없구나

자미꽃!
흙이 되도록 내내 나는 네게 바람인 것을
『로스안데스문학』 통권8호, 2004)

무지렁이 일기초(2)-나무 _허드레

나에겐
입춘도 없는 세월
그냥 초록 이파리 몇 번
일구고 스러지고

들새 노래 소리
벌레소리
바람불어
스칠 뿐

해가 뜨고지고
별빛 찬란한
그 일상…
서서 바라보는
산다는 것이…

내 몸에 이끼피고
까맣게 죽어가도
세상은 나를
서 있게 하고

(『로스안데스문학』 통권8호, 2004)

109 무지렁이 일기초(13)-선인장 옆에서 _ 허드레

내게 선인장
너와 같이 살아 온 과거 있었던 것
나는 안다
꽃을 달고 가시로 날 선 오만도
풀이면서 나무처럼 우뚝 선
그 오기도 안다
모래땅에 혀를 박고 끈기 있는 '꼬레아노'
그 후에 그 근성 안다
그렇지만 쥐어 산 설움 이기고
손바닥에 침 탁탁 뱉으며 해낸 것
밥이면 다가 아니더라
꽃이건 가시건 쓰러지면 다 흙이 되는 거더라
사람들아
나 이제 꽃도 거두고
가시도 접어야 할 걸
진작 알기사 했건만

(『로스안데스문학』 통권7호, 2003)

무지렁이 일기초(56)-갈잎 _ 허드레

갈 잎새
한 둘

지금은
고독을 읽는 시간

맘 꺾어
빗장 걸어도
흔들리는 건

봄
갈
숨결 같은
네 귀볼 스치는
그 바람으로

(『로스안데스문학』 통권6호, 2002)

자화상-어느날의 영웅주의 _홍현신

자존은
때로 성급한 독선이 되어
가슴 한가운데
불을 지핀다.

신념은
관계의 어려움 속에
나를 내어 주다가
가끔씩 웃음꺼리가 되곤 한다.

지성이
나의 옆에서
눈을 찡긋찡긋 하면서
한잔의 Cafe를 요구할 때

용기가
머뭇거리던 나를
술 취하게 하더니
슬그머니 망각 속으로 사라지면서
환상이었다고
발뺌을 한다

자존과 신념과
지성과 용기가
한데 어우러지면서
소용돌이 칠 때

아늑한 소망은
새벽 기도 가운데
창문 틈새로
새로운 아침을 열어 준다.
(『로스안데스문학』 창간호, 1996)

풍경소리 _ 황유숙

웃고
울고
흔들리며 사는 내력(內歷)
나랑 같은데

산들바람, 좋은 바람
스쳐 가면 가는 대로
뼈 시리고
살생(生) 떨려도
애타는 기다림
날개 밑에 접어두고

북풍 불면 부는 대로
바람만큼 흔들려서
언제나 맑은
풍경소리

(『로스안데스문학』통권2호, 1997)

손을 뻗기만 하면 된다
누에벌레가 햇빛 속으로 얼굴을 내밀 듯
모든 것이 다가오는 순간이 있다
아침에 눈을 떴을 때
거리를 걸어가고 있을 때
갑자기 모든 것이 다가온다
그대의 눈을 바라보고 있는 순간에
비바람에 이파리 하나가 지는 순간에
그 이파리 속에서 얼어 죽은 벌레 한 마리가
흙 위로 나딩구는 것을 바라보는 순간에
어느 날 오후
저녁노을이 비치는 강물을 바라보고 있을 때
칼릴 지브란의 예언 한 구절을 읽고 있을 때
나는 누구인지
나는 왜 여기 있는지
나는 왜 존재의 깊은 뿌리로
간단없이 빨려 들어가고 있는지
손을 뻗기만 하면 잡힐 것 같은 순간들이
아, 그러나
꿈결 같은 욕망에 시달려 보지도 못한 채
시들어 버리는 꽃처럼
단 한번의 빛도 발하지 못하고 떨어지는 별처럼
잠시 모습이 보일 듯 사라져 버리고
그 다음에 찾아오는 공허, 비어 있음 속에
살아가는 일이 유일한 진리로 남아
아무도 구별하지 않는
꽃 같은 사랑을 기다리고 있다
마치 라일락 꽃 넝쿨이 제 뿌리에
도끼질하는 손 위로 꽃잎을 뿌려주는 것처럼

『로스안데스문학』 통권3호, 1998)

124 쓰러진 나무 _황유숙

얼마나 비바람에 시달렸기에
이렇게 큰 나무가 쓰러졌을까
나무는 넘어졌을 때
길이를 안다더니
그 몸으로는
온전히 갈 수 없어
토막이 나서 실려갔다.
보도블록 집 깨지고
벌건 속 드러난 자리
아르헨티나에 태어나서
아르헨티나에서 자란
토박이 친구는
폭풍 속에 사라졌는데
한 알 풀씨처럼 날아올
난 여기 남아있네

(『로스안데스문학』통권5호, 2000)

¹²⁵ 오늘 신문에서-남북정상이 만난 날 _ 황유숙

두고 보려고
사진 한 장 가위로 오렸다
두 사람 웃으며
바라보는 여백으로
터지는 함성
'태양이 열렸다'
이제야 그 길이
50년 막혔던
기막힌 길 열리는
반가운 소식을
읽고 또 읽고
두고 보려고 가위로 오린
오늘 신문에는
기억도 안 나는 고향산천이
보지도 못한 일가친척들이
참 많이 그려져 있다

(『로스안데스문학』 통권5호, 2000)

참새 _황유숙

발이 시려
차가운 보도 위
참새 한 마리
발레 연습하는 어린 무용수처럼
발끝으로 잰 걸음 치다
포르르 양지바른
나무 위로 날아간다

가만히 앉질 않고
누굴 찾을까
폴짝 뛰어 이쪽을 보고
폴짝 뛰어 저쪽을 보고
너무 작아서
어린 가지도 흔들리지 않는
참새 가슴이
시린가 보다

(『로스안데스문학』 통권5호, 2000)

비 오는 밤 _황유숙

내 가슴이 이렇게 서늘한 건
억수같이 퍼붓는 비 때문이 아니다
자스민 향기 실은 꽃 바람
한밤중 천둥번개로
돌변한 날씨 탓만도 아니다

'루따'를 따라
한가롭게 풀을 뜯던
점백이 얼룩소
하루 일을 끝내고
돌아오는 저녁 들길에
먼 하늘을 바라보던
고향집 황소를 닮아

찬비에 떠는 젖은 눈망울에
잠 못 이루고 지금도
그칠 줄 모르는
이 비를 어이할까
비바람 막아줄
잎새 큰 나무 있을까
함께 추운
비 오는 밤

(『로스안데스문학』 통권4호, 1999)

잃어버린 날들이
너무 많아
더 아플 가슴도
없을 텐데
차에 두고 내린
쉐타 한 장에 걸려서
또 하루가
마음 아리다
손에 꼭 쥐고 있을 걸
한 번쯤 뒤돌아보는 건데
후회하고 다짐해도
요행만큼 빈번한 상실들
언제나
담담해지려나
오늘 나의 것이
내일은 그에게로
이 골짜기에서
저 산 너머로
구름은 끝없이 흘러가는데

(『로스안데스문학』 통권2호, 1997)

수필

01 지구의 종점에서 _ 김한식

　지구의 최남단 도시 '우수아이아'에 가기 위하여 포장도 되지 않아 굵은 모래와 자갈에 바퀴가 미끄러지는 길을 두 시간 가까이 달려 칠레와 국경인 출입국 관리소에 도착했다.

　비자 없이 통과하는 줄 알고 왔는데 비자를 요구한다. 몇 해 전 여름휴가를 칠레에서 즐기려고 비자 수속을 했더니 까다로운 요구로 나흘이나 걸려서 받았다. 자기네 나라에 돈 쓰러 가겠다는 데도 어찌나 아니꼽게 굴던지 두 번 다시 오지 않겠다고 다짐을 했었는데 또 와서 당하니 심기가 편하지 못하다. 실은 비자를 받아오지 않은 나의 잘못이지만 국경선 협상을 융통성 없이 무성의하게 해 놓은 것이 한심스럽기도 했다. 나는 한국 사람들에게는 더 엄격하게 융통성이 없는 것을 잘 알기 때문에 도중에서 되돌아가자고 했으나 다른 일행들이 바릴로체에서는 비자 없이 칠레로 넘어간 적 있다는 정보에 희망을 걸고 왔는데 또 거절당했다.

　한때는 한국과 칠레는 무비자 협정이 맺어져 있어서 왕래하기가 편리했었는데 이제는 시효가 지나서 다시 연장하지 않고 그대로 끝난 것이다. 시일이 지날수록 편리해져야 하는데 불편하니 답답하다. 남미 여러 나라들은 한국에서는 자기네에게 물건을 팔기만 하지 사가는 것은 없다고 불평을 한다. 설상가상으로 한국인들의 매너는 별로 좋지 못하다는 비호감이고 가끔 문화충돌로 인하여 말썽도 빚는다. 자기네는 한국과의 교역에서 손해를 보고 있다고 생각하니 협정을 연장시킬 리 없다. 우리도 자성을 해야 한다.

아르헨티나와 칠레의 국경 분쟁은 내가 이민 온 다음에도 두 번이나 있었다. 처음에는 비글 해협 세 개의 작은 섬들 영유권 문제였었다. 우리가 국경을 넘어가지 못하고 서성거리고 있는 이곳에서 가까운 곳이다. 이때는 양국간의 분위기도 험악했고 병력 이동도 해놓은 대치 상태였었다. 일촉즉발의 위기였었는데 갑자기 아무 일도 없던 말비나스(포크랜드)에서 전쟁이 터져 버렸다. 군정 기간 동안의 실정을 은폐하고 자신들이 곤경에 처한 것을 모면해 보려는 어설픈 전쟁이었다. 계획도 없었던 즉흥적인 전쟁이었다. 실정을 은폐하기 위하여 귀중한 젊은이들의 생명을 제물로 바치다니 천벌을 받아야 할 일이다.

그 후 민정으로 복귀한 다음 칠레의 주장대로 아르헨티나에서는 양보하고 말았다. 두 번째의 분쟁은 파타고니아 지방의 남쪽에 있는 빙하 지역의 일부분이 잘못된 것이니 칠레로 돌려 달라는 것이었다. 그 역시 아르헨티나의 양보로 끝나버린 분쟁이었다.

만약 한국에서 이웃나라와의 사이에서 이런 식으로 국경을 조정했다면 자자손손 대를 물려가면서 욕을 먹을 것이며, 협상에 임했던 당사자들은 얼굴을 들지 못했을 것이다. 땅이 넓어서 아까운 줄을 몰라서 막 떼어 주는 것인지, 혹은 국경을 결정할 때 아르헨티나의 국세가 칠레의 국세보다 강하여 칠레에 귀속해야 할 땅까지 우격다짐으로 깔고 앉았다가 지금 생각하니 경우에 어긋나는 것 같아서 미련 없이 양보하는 것인지는 모르겠다.

우리가 국경을 넘으려다가 못 넘은 곳은 아르헨티나의 영토에 칠레의 영토가 잠식해 들어와서 아르헨티나의 영토는 두 동강이 난 곳이다. 섬을 세 개나 양보하면서도 자기네 국경 내에 다른 나라 영토가 들어와서 국토가 두 동강이 나 버리고 왕래할 때마다 국경에서 취해야 할 수속에 신경 쓰도록 해 놓았다. 땅을 양보하면서 도로 낼 땅도 양보 받지 못한 채 이런 불편을 겪도록 해 놓았다.

남미대륙의 지도를 보면 아르헨티나는 대서양에 접한 나라이며 칠레는 태평양에 접한 나라다. 그런데도 남쪽 끝에서 칠레는 동물의 꼬리처럼 대서양 쪽으로 틀어서 대서양 쪽으로 나가도록 되어 있다. 이것은 아르헨티나의 양보와 양해 없이는 이런 식으로 국경과 영토를 결정하지는 못한다. 이 무렵에 칠레에서는 위급한 일이 생겼을 때에 태평양은 바다 구실을 못할 때였다.

영국의 청교도들은 신앙의 자유를 찾아서 북미 대륙으로 가서 뉴잉글랜드 지방에 터전을 잡았다는 것은 잘 알려진 사실이나 이보다는 늦었지만 남미로 온 청교도들은 스페인 세력에 눌려서 북미로 간 청교도들만큼 알려지지를 않아서 이들의 존재가 있다는 것조차도 알려지지 않았을 정도이다.

이 집단의 인솔자의 이름을 그대로 항구 이름으로 삼아 '뿌에르또 마드린(마드린 항)'이라고 하였다. 뿌에르또 마데라에서 가까운 '뜨렐레우'에서 일부는 정착하였다. 지금도 뜨렐레우에는 이들이 지은 붉은 벽돌집이 남아 있다. 그러나 대부분은 땅이 비옥한 곳으로 이동 정착하여 지금의 에스겔, 뜨렐레우, 뿌에르또 마드린 등 도시의 주추를 놓았다. 그래서 이 지역에는 지금도 영국계 시민들이 많다. 영국에서도 말비나스 전쟁으로 소원해진 이들을 다독거려 주기 위하여 이미 고인이 된 웨일스 지방 출신인 다이아나 비가 이 지역을 방문한 일도 있었다.

스페인 사람들과의 마찰을 피하기 위하여 부에노스 아이레스에서 뚝 떨어진 데 자리를 잡았다. 이 무렵은 아직 어느 나라 땅인지도 모르고 주인 없는 땅에 와서 살았기 때문에 누구의 간섭을 받을 필요도 없었다. 그러나 언제까지라도 무정부 상태로 지낼 수는 없었다. 북쪽에서 이미 자리 잡은 아르헨티나와 칠레가 자기네 영토는 확정해야 하므로 국경 협상이 진행되고 있는데 파타고니아의 영유권을 어느 나라의 것으로 정하느냐는 문제에 부딪쳤다.

무인지경이었으며 사람이 산다는 곳은 에스겔, 뜨렐레우에 청교도 집단이 약간 사는 것뿐이었다. 국경 협상을 하는 두 나라는 주민들이 원하는 대로 해주기로 하고 어느 나라의 시민이 되겠는가 물었다. 그들은 하나같이 아르헨티나 시민이 되기를 원했다. 에스겔 이남의 파타고니아가 아르헨티나의 영토가 된 것은 청교도들의 영향에 의한 것이다.

아르헨티나 사람들에게 고향이 어디냐고 물으면 자기가 나서 자란 곳을 말하기보다는 우리 할아버지 때 스페인에서 왔다느니, 혹은 아버지가 어릴 때에 이태리에서 왔다고 대답하는 사람이 대부분이다. 아마 한국 2세들에게 물어 보아도 동일한 대답이 나올 것 같다. 청교도 그들도 오매불망 고국과 친척 친구들 일만 생각날 것인데 안데스산맥을 넘어 칠레 땅이라면 더 멀게 생각되고 아무 장애물 없이 확 트인 아르헨티나라면 더 가깝게 생각되고, 가기도 쉬울 것 같았을 것이다.

요즘은 비행기에서 한 숨 자고 나면 고국에 닿지만 그 옛날 속력도 없는 배를 타고 오자면 얼마나 지루하고 배 멀미를 했을까.

그들은 고국에서 조금이라도 가까운 곳을 택할 수밖에 없었을 것이다. 나도 미국의 샌프란시스코에서 태평양을 향해 서면 바다 저편에는 내 조국이 있는데…… 하는 기분이 들지만 '마르델 쁠라따'에서 대서양을 보고서면 전혀 그런 생각은 들지 않았다. 하여튼 국경 문제로 전쟁도 하고, 사람이 죽기도 하는데 평화스럽고 쉬운 방법으로 결정된 것은 좋은 일이다.

칠레는 태평양 연안의 나라이면서도 태평양 너머 저쪽에 있는 나라들과는 너무 멀어서 교역할 생각도 못하고 남미 대륙의 다른 나라들과 같이 유럽과의 연락이 두절되면 망하고 만다. 만일 아르헨티나가 비글 해협과 남극 대륙 사이를 봉쇄해 버린다면 그대로 질식할 수밖에 없는 나라가 칠레이다.

그러므로 국경 협상 때는 필사적으로 대서양으로 진출할 길을 확보하지 않으면 안 되었다. 여의치 않으면 전쟁도 불사했을 것이다. 그래서인지 아르헨티나가 많은 것을 양보했다. 그러면서도 자기네 국토 내의 왕래가 편리하도록 도로로 쓸 땅도 양보 받지 못했다는 것은 국제정세에 너무 어두웠거나 무성의하게 협상에 임했다고 볼 수밖에 없다.

말비나스 영유권 문제도 너무 무관심했다. 말비나스섬을 한 번 돌아보고 와서는 후속 조치도 취하지 않고 방치해 버렸으니 영국에 빼앗길 수밖에 없었다.

하나님께서 이 세상을 창조하실 때는 국경이나 관할 지역 등이 없었다. 식량이 모자란다고 하지만 노동력이 부족하여 버려진 땅이 얼마나 많은가? 활용 못하는 땅이 있어도 국경과 소유권 등등으로 버려진 땅이 얼마나 될 것인가? 아르헨티나만 보아도 농업국이라 하지만 농작물이 재배되는 면적이 몇 퍼센트인가? 사람들이 그어 놓은 선으로 인해 사람들은 얼마나 불행해지는지 모르겠다. 가장 대표적인 것이 우리나라의 38선과 휴전선일 것이다. 선을 그으려면 인류 복지에 유익하게 그어야 한다. 불행한 선은 긋지 않아야 한다. 나도 인간이 그어놓은 불행한 선 때문에 왔던 길을 되돌아가야 한다.

(『로스안데스문학』 통권5호, 2000)

02 파리의 여인 _노현정

　3개월의 고국방문을 끝내고 돌아온 부에노스 아이레스는 가을이 시작되고 있었다. 오랜만에 만난 수필 반 회원들이 나의 달라진 모습을 보고 모두 놀라며 한마디씩 인사를 전했다.

　"안 보는 사이 파리의 여인이 되어 돌아왔네!"

　'파리'라고 하면 세계적인 패션의 도시이기에 파리의 여인들은 모두가 멋있고 세련되었다는 고정관념을 우리는 가지고 있다. 그래서 멋을 아는 사람에게 파리에서 온 사람이라고 하기도 한다. 그러나 나는 빼어난 미모를 가지지 않았고 키가 훤칠하게 크지도 않으며 멋스럽지도 않았다. 그러니까 파리의 여인들과는 아주 거리가 멀다고 할 수 있다. 그런데도 수필 반 회원들은 나를 파리의 여인이라 불러준다.

　이민 사회에 적응해야 했던 시간들은 나에게 자신을 가꾸고 멋을 부릴 마음의 여유를 주지 않았다. 우선 살아가야 할 일이 먼저였다. 이민생활 10년이 지나서야 나는 겨우 한 숨 돌릴 수 있었다. 남편은 한국에서 직장을 다니고 있다. 해마다 가족을 보기 위해 그가 들어 왔지만 이번에는 내가 한국으로 나가게 되었다. 내가 한국에 도착 했을 때 가족들이며 친구들에게 나의 모습은 가히 볼만 했다고 한다. 불혹을 넘긴 나이에 긴 생머리를 늘어뜨리고 가무잡잡한 피부에 얼룩얼룩한 잡티가 수두룩한 것이 인디오 추장 딸 같다고 했다. 나는 그냥 인디오가 아니라 추장 딸로 승격시켜 준 것이 그나마 다행이라며 웃어 넘겼다. 한국에 도착해서 나는 자신이 얼마나 달라져 있는 지를 실감 할 수 있었다. 이민 가기 전에는 제 나름대로 세련미를 지닌 멋을 아는 사람이라 자부했었다. 그러나 지금 나는 정말 촌티가 줄줄 흐르는 인디오와 같았다. 한국에 사는 사람들은 지나치게 남을 의식하며 살고 있었다. 그 분위기에 적응해야만 했다. 3개월 후에 아르헨티나로 돌아가면 또 다시 이 모양이 되겠지만 한국에 머무르는 동안만이라도 달라지고 싶었다. 한국에서 직장을 다니는 남편의 체면도 생각해야 했다.

도착한 다음 날부터 바빴다. 큰 시누이는 먼저 미용실로 데려갔다. 긴 생머리가 잘려 나가는 순간 나는 이민자의 고달픔이 함께 잘려나가는 것 같아 시원했지만 한편으로는 지난 시간들이 의미 없이 사라지는 것 같아서 섭섭하기도 하였다. 남편은 잡티를 제거하고 마사지를 받도록 피부과로 데리고 갔다. 커다란 잡티와 작은 잡티를 제거하고 난 후 거칠고 트러블이 심한 피부라서 마사지를 꼭 받아야 한다고 했다. 가격이 만만치 않았다. 남편은 돈 생각하지 말고 치료하라고 했지만 왠지 아까운 생각이 들었다. 그러나 힘들었던 지난 시간의 보상으로 남편이 이 정도 해주는 것은 당연한 것이라 생각하며 스스로 위안을 했다.

남미의 태양을 먹고 자란 잡티는 강했다. 세 번의 레이저를 맞고서야 물러섰다. 일주일에 한 번씩 받는 치료와 마사지는 나를 달라지게 만들었다. 마사지를 받기 위해 자리에 누우면 모든 근심이 다 사라지는 것 같았다. 안락한 침대에 누워 부드러운 손끝의 리듬에 몸을 맡기며 눈을 감는다. 시냇물 소리와 바람소리, 그 바람에 흔들리는 풍경소리가 음악을 타고 고요히 흐르면 떠오르는 자연의 품으로 살랑살랑 날아가는 환상에 빠진다. 그 시간 여자들이 자주 마사지를 받으러 가는 이유를 알 수 있을 것 같았다. 마사지사가 자신의 모든 시중을 들어주니 편하고 안락한 그 시간을 왜 즐기고 싶지 않겠는가?

사람들의 생활 속에서 물질로 인한 행복의 가치 추구가 다시 한 번 확인되는 순간이었다. 마사지를 받고 난 피부는 놀랍게 변화되었다. 그것은 나 자신에게도 만족감과 자신감을 주었다. 지나간 세월 속에서 입었던 상처의 딱지들이 모두 떨어져 나간 것 같아 홀가분한 기분마저 들며 새로운 희망과 용기가 생기는 것을 느꼈다.

나는 아직 파리에 가 보지 못했다. 화가가 되는 것이 꿈이었던 나는 예술의 도시 파리에 꼭 가보고 싶었다. 그런데 아직 가지도 않고 파리의 여인이 되었으니 머지않아 그 파리에 가기만 하면 되는 것이다.

　파리의 여인이라 불리는 것은 단지 겉모습만이 아닐 것이다.

　예술의 도시 파리에 사는 그 여인들은 언제나 당당하고 활기차 보인다. 자신을 키워가고 내일을 위한 희망과 도전을 실천해 가기 때문에 아름답게 보이는 것이라 생각된다. 나는 그 호칭이 내게 어울리지 않는다는 것을 잘 안다. 그러나 그것은 나에게 자신을 돌아볼 수 있는 자극제가 된다. 그저 아무렇게나 살아가기 보다는 나를 가꾸고 사랑하는 사람만이 아름다워질 수 있다는 생각이다. 자신을 사랑해야 남에게 사랑을 받을 수 있는 것이기 때문이다. 사랑하는 여인, 사랑받는 여인, 진짜 멋있는 파리의 여인이 되기 위해 최면을 걸어 본다.

　나는 파리의 여인이다.

　보라빛 털모자를 비스듬히 눌러쓴 나는 어느새 몽마르뜨 언덕을 걷고 있다.

(『로스안데스문학』 통권12호, 2009년)

03 라 빰빠 들길 _민원식

띄엄띄엄 양이나 마소 떼가 길 옆 울타리 안에서 풀과 권태를 뜯고, 하루에 한두 번 차가 지날 뿐, 행인은 거의 없다. 들판으로 갈수록 종일 사람 하나 만날 수 없다. 가끔 길 앞 멀리로 토끼가 힐끗 보였다 사라지고, 길섶에서 갑자기 꿩이 날아올라 흠칫 놀라게 한다.

풀이 숲처럼 자란 길을, 태고부터 대지를 어루만지는 바람을 맞으며 걷는다. 호수나 불어난 물로 길이 막히면 소들이 있는 울타리 넘어 물가를 따라 돌아 다시 길을 찾고……

걷다가 길가에 자란 한 포기 밀이삭을 까 입에 넣고 젖내 나도록 우물거린다. 옛적 안식일 날 밀밭 길 걷던 요한이랑 베드로가 밀이삭 까먹으며 무슨 얘길 했을까 생각해 본다. 남은 이삭을 손에 꼭 쥐고 걷다가 기름진 땅을 찾아 뿌린다. 그리고는 잘 자라나 수십 배 열매 맺을 일 년 후를 그려 보며 흐뭇해한다.

마른 갈대의 부드러운 일렁임 속에 드문드문 자란 엉겅퀴는 가지 끝마다 보랏빛 한 덩이를 달고는 흔들거린다. 갈대의 일렁임보다 조금 늦은 박자로.

햇살 업고 그림자와 발맞추는 길에는 수많은 거미줄이 하늘하늘 미풍에 이어지고 끊어지며 환상처럼 반짝인다.

가고 가도 넓은 들판과 곧은 시골길은, 길 따라 쳐진 낮은 울타리로 외로움을 더한다. 그런 끝없는 길에 정처 없는 발걸음을 옮기노라면 걷는다는 것조차 잊게 된다. 한동안 벌판 바람을 맞고 걸으면, 바람 멎어도 바람소리 귀에 울리고, 마음은 바람 따라 대지 위를 흐른다. 다시 부는 바람은 마음 떠난 빈 몸을 구름처럼 띄우고 두 발은 물속보다 가볍게 허공을 디딘다.

콩밭과 목장, 호수와 옥수수 밭을 지난다. 넓고 부드러운 물결이 멎은 듯한 작은 언덕위로 이어진 길은 하늘에 닿았다. 그 하늘 닿은 길 끝이, 그 언덕 너머가 궁금해진다. 그 하늘 아래는 새로운 세계가 펼쳐져 어릴 것 같다. 그러나 언덕에 다다라 보면 그냥, 그냥 깜뽀 Campo……

그 길은 지나온 길과 똑같이 닮아, 그저 또 하나의 언덕 너머 저편 하늘에 이어졌을 뿐이다. 등지고 온 길과 너무 같아 실망스럽다.

그러나 실처럼 이어진 막연한 길을 걷는 데에도 새로운 재미, 흥분이 있다. 흰구름 어른대는 하늘 닿은 길 끝을 보며, '아─저기 가면 실망하겠지……' 하는 기대를 갖게 된다. 설레는 작은 흥분은 언덕에 가까이 다다를수록 커 온다.

다시 허탈함…… 짐작했고 여러 번 실망을 겪었어도 실망하지 않게 되는 적이 없다. 왔던 길과 같은 앞에 놓인 '새로운 길'……. 숨을 한 번 길게~ 크게 쉬고는 다시 발을 옮긴다. 태고적 햇살 받으며 푸른 하늘에 이어진 새로운 길을 달린다. 그리고 언덕에 가까이 오면 또다시 차오르는 기대로 걸음이 빨라지고 숨이 가빠진다.

하늘 맞닿은 저 언덕길을 걸으며 어찌 희망을 버릴 수 있나, 그것이 비록 실망이라 할지라도…….

잡초가 숲처럼 자란 길을 실망과 기대를 함께 안고 걷는다. 저물도록 바람을 거슬러서. 동반자인 그림자가 쓰러질 때까지 발을 내딛는다.

실망이 소망이 되는 길을 걸으며, 삶도 그처럼 가야 하는 그저 외줄 길이라고 생각해 본다. 연필 끝 저 멀리로 하늘 맞닿은 흐린 언덕길이 보인다.

(『로스안데스문학』 통권3호, 1998)

남편의 자리 _박영희

　어느 날인가 부터 남편은 가슴을 감싸 쥐고 가쁜 숨을 몰아쉬더니 무척 고통스러워했고 편안한 잠을 이루지 못했다. 일 년에 감기 두어 번 앓고 나면 오히려 개운해 할 정도로 건강에 자신이 있는 그였는데 며칠은 진통제도 마다하더니 진통제를 찾는 횟수가 부쩍 늘고 있어 불안한 마음이었다.

　투자이민 케이스라 가지고 왔던 돈은 십여 년 만에 바닥이 나고 오히려 얼마간의 부채를 지고 있었다. 가장으로서 가정경제를 책임지는 일은 언제나 그의 몫이 아니었다. 이민도 태권도 사범으로 미지의 세계를 개척하고자 가까운 분들의 만류를 뒤로 하고 나선 길이었다. 그토록 원하던 초청장을 받아 놓고 결혼으로 인해 포기했던 해외 진출의 꿈을 접지 못하던 그는 나와 의논도 없이 이민을 신청했고, 안정된 생활을 포기하지 않으려는 나의 반대로 두 번의 연기 끝에 어렵게 가진 둘째로 부른 배를 안고 1988년 8월 중순에 아르헨티나에 대한 사전 지식도 없이 비행기에 올랐다. 임신중독증으로 고생 중이던 나와 네 살짜리 큰아이, 그리고 칠순이 넘으신 시어머님에겐 커다란 이민 가방의 무게만큼이나 힘든 여행이었다.

　한국에서야 유치원과 학원을 운영하느라 시간은 쪼들려도 혼자 꾸려나가는 데 큰 어려움이 없었지만, 이민은 돕는 손이 많아야 뿌리내리기 쉽다는데 도착해 한 달 만에 막내를 조산하고, 미숙아의 병원 뒷바라지로 시작한 이민 생활은 살인적인 인플레이와 예측이 어려운 달라 변동으로 정신을 차릴 수가 없었다. 남편은 시작과는 달리 언어 장벽과 인의 장막으로 입지가 자꾸 좁아지고 있었다. 체육관의 남편을 돕다가 뒤늦게 시작한 식품점도 여자 혼자 꾸려 나가기는 힘겨웠고 차라리 힘든 운동 포기하고 안정된 생활을 하자고 설득하다 보니 부부 사이도 원만하지 못했다. 심한 갈등 속에 본국으로 철수하던가 삼국으로 재이민을 생각하던 중 다시 시작해 보겠다고 다짐하고 출발한 남편의 미국 여행은 반 여년을 밖으로 떠돌게 했다. 실패를 거듭하던 그가 우리에게 돌아오고 가정의 안정을 위해 운동을 포기하고 간신히 마련한 근교의 옷 가게는 소규모에 경험 미숙으로 월세와 인건비를 내고 나면 늘 빈손이었다. 식품점을 정리한 뒤 운영하던 유치원은 어려운 사정으로 원비가 미납되는 원아들이 많아져 교사 월급이 체불되고 있었다. 원비 봉투를 들고 가게나 공장으로 나서 보았으나 돌아서는 발걸음은 초라하기만 했다. 주위에 내색도 못하고 생활이 어려운 지경에 이르렀다.

안타까워하시던 박정국씨의 간곡한 권유로 말로만 듣던 훼리아를 맡게 되었다. 이만 불이나 되는 인수 비용도 주변 분들의 도움으로 간신히 마련해 하루 장사해야 다음날 팔 물건을 해올 정도로 우리는 빈털터리였다.

훼리아는 노천시장이다. 극빈자를 대상으로 분양이 되어 소유주가 바뀔 수가 없으나 담당자와 비밀리에 돈이 오가면 가능하다. 트레일러를 앞면을 열수 있도록 개조해 물건을 진열하며, 요일에 따라 정해진 자리에서 장사를 하게 된다. 일주일에 네 지역을 돌게 되는데 월요일이 휴일이고 그 외 신정이 유일한 공휴일이다. 그러나 비가 오면 일을 할 수가 없어 예전에 정주영 회장이 즐겨 불렀다는 비 오는 날은 공치는 날이요 하는 노랫말이 우리의 처지였다. 마흔두 개의 생필품 상점이 함께 일하는데 우리는 옷을 취급했다. 아르헨티나의 교포사회는 거의 옷과 관계된 일을 한다. 이민 초기 봉제로 시작해 온세나 아베쟈네다 두 지역에 대규모의 도매상이 있고 소도시까지도 한국인 소매상이 들어가 있으며 안면이 있으면 신용거래가 가능해 쉽게 시작할 수 있는 이점이 있다, 우리도 도매상하시는 분들의 도움을 많이 받았다.

노천에서 하는 일이라 일도 고달프고 힘들었지만 기존 상권이 형성되지 못할 정도로 악명이 높은 우범지역이었다. 이민 초기에는 한국인도 많이 살았던 곳인데 현재는 범죄의 온상으로 낡고 오래된 아파트는 경찰들도 출입을 삼가 할 정도로 험한 곳이다. 무기를 수색하기 위해 경찰이 들어가는 날은 영화의 한 장면이다. 한 줄이 들어가면 뒷줄은 엄호하고, 그 뒤에는 중화기가 장착된 차량이 버틴다. 동원되는 경찰의 수도 만만치 않고 그런 날은 우리 장사도 공치는 날이었다. 처음에는 놀라고 무서웠으나 몇 차례 겪게 되니 무감각해졌다.

나중에 알았지만 훼리아를 파신 분은 두 번이나 트레일러를 총을 든 강도들에게 빼앗겼고 경제적인 손실 외에도 강도들이 지역 마피아라 협박까지 받다가 한국으로의 이주를 결심했던 것이다. 인수 당시 장사가 잘되는 것을 보고 고생을 각오하고 결정했으나 자세한 사정을 미리 알았더라면 쉽게 들어가지 못했을 것이다. 길 이름을 대면 택시 기사가 승차 거부하는 지역으로 들어가는 우리를 주위 분들은 안타까워하셨지만 남편의 적극적인 태도를 보시고 말리지 못하셨다.

경찰은 보호해 준다는 구실로 정기적으로 돈을 걷어가지만 그들의 보호가 별 도움이 안 된다는 것은 다 아는 일이었다. 돈을 지불하지 않을 경우 오히려 그들의 표적이 되는 것이 두려워 트레일러도 없이 모판을 놓고 양념을 파는 볼리비아 여인네조차 보호세를 내야 했다.

각오를 단단히 하고 시작했지만 가격별로 나눠 담겨진 옷상자들을 길 앞에 내놓고 손님을 부르는 일은 생각과는 달리 입안에서만 맴돌았다. 절에 간 색시 모양이던 남편이 옷을 팔려고 애쓰는 모습이 마음 아팠지만 내색하지 않고 가슴에 담아두었다. 그리고 큰 소리로 손님을 불렀다.

유치원이 정리되지 않아 부담스러웠지만 선생님들이 열심히 뛰어주어 장사에 매달릴 수 있었다. 저녁이면 전화로 보고받고 휴일은 잔무 처리를 위해 유치원으로 출근했다.

힘은 들었지만 장사는 잘 되었고 일도 몸에 익어가던 어느 날 남편은 가슴에 통증을 느끼게 되었다. 트레일러를 열고 닫을 때는 너무 무거워 도움이 필요한데 남편이 혼자하다 보니 담이 든 것이라 여겨 한국인 약국에서 진통제 주사도 맞고 약도 처방받았지만 걷는 것도 힘들어 할 지경이 되었다. 서둘러 진찰을 받아야 했지만 시설 좋은 사립병원은 높은 의료비로 보험이 없는 우리에게는 부담이 컸고 당장 보험을 들어도 일정 기간은 혜택을 볼 수가 없었다. 국립병원은 무료지만 환자가 밀려 새벽부터 줄을 서도 진찰표를 받기가 어려웠다. 딱한 사정에 친구가 알고 지내던 의사를 소개해 주어 백 불을 내고 검사를 시작했다. 폐 사진을 보여주며 수술이 급하다고 하는데 병명조차 이해하지 못하는 내게 의사가 권하는 병원은 거리도 멀었고 우리 형편으로는 무리였다. 이민 와 이십 일 만에 갑작스러운 진통으로 들어간 사립병원에서 칠삭둥이 막내를 분만하면서 당시 아파트 한 채 값이던 이만 불을 지불했던 경험이 있던 나는 많은 마음고생 끝에 의대학생 도움을 받아 국립병원에 접수를 했다. 병실이 나지 않아 입원은 하루 이틀 밀리고 고통스러워하는 남편을 돌보면서도 장사를 거를 수가 없었다. 훼리아를 인수하며 진 부채를 갚기 위해 무리하게 계를 들다보니 곗돈을 막기 위해서는 하루도 문을 닫을 수 없는 형편이었다. 가끔 계 파동이 있기도 하지만 교포사회에서 계는 목돈을 만드는 수단이었다.

입원을 약속받은 날도 전임 환자의 퇴원이 늦어져 남편은 통증으로 끝내 대기실 의자에 누워야 했지만 통역을 약속했던 학생조차 나타나질 않아 발을 동동 구르다 회의 중이던 의사들에게 울음을 터트리고 말았다. 엉엉 울며 되는 말 안 되는 말로 남편의 상태를 설명하는 내가 불쌍해 보였던지 회의를 중단하고 서둘러 주어 입원 수속은 뒤로 미루고 남편을 침대에 눕게 할 수 있었다. 새벽 여섯시에 집을 나서 열시부터 대기하다가 오후 네시에야 겨우 침대를 배정받은 것이다. 아르헨티나는 국립병원이 거의 무료로 진료 받을 수 있으며 국립병원에서 근무해야 개인 진료실을 열 수 있어 우수한 의료진은 확보되어 있으나 어려운 국가 재정으로 낙후된 의료시설과 인접국에서까지 몰려드는 환자들로 인해 중산층에는 외면당하고 있다. 게다가 형편이 어려운 환자들은 퇴원을 않으려 해 입원실은 항상 만원이었다. 입원환자는 약과 급식을 무료로 받을 수 있어서였다. 우리 형편을 모르는 분들은 국립병원을 택한 내게 사립병원으로 옮기라고 전화로 설득하셨지만 가진 것이 없는 나는 병원비라 하더라도 다시 손을 벌리고 싶지 않았다. 그런 전화를 받는 날이면 지저분한 병실에 누운 남편 생각으로 엉엉 소리 내어 울었다.

일주일만의 검사로 남편은 왼쪽 폐에 물이 차 굳어져 있어 곧 수술을 해야 한다는 진단이 나왔다. 만성이라 상태가 나쁘다는 말도 곁들여졌다.

남편 입원에 가장 큰 애로는 가스떼자노(현지어) 구사력이었다. 정식교육을 받지 못한 나와 남편은 겨우 의사소통이나 되는 수준이었고 더구나 생소한 병원 용어로 통역이 필요할 때가 많았다. 그러나 전문 통역이 있는 것도 아니고 도와주던 의대생도 자주 들르기 어려웠다. 정밀검사를 할 때는 지정병원에 접수하고 결과를 찾아 담당의에게 제출하는 일도 보호자가 해야 했다. 검사를 담당하는 병원은 시 외곽에 위치하는 경우가 많아 찾는 것도 힘들었지만 오전에만 접수를 받아 새벽 여섯시부터 줄을 서야 장사 나가는 시간을 맞출 수 있어 검사 의뢰할 샘플을 들고 낯선 새벽길을 헤매야 했다.

병원의 남편도 힘들었지만 장사하는 나도 어려움이 많았다. 텃세도 심하고 지정된 자리가 있지만 금을 그어 놓은 것도 아니어서 병원일 때문에 늦는 날이면 자리다툼을 하느라 언성을 높여야 했다.

주변에 남편의 입원 소식이 알려지면서 여러분들께서 병실을 찾아주셔서 지친 남편에게 큰 도움이 됐다. 문병이 환자에게 큰 위안이 된다는 것을 절실히 깨달았다. 문병이 있는 날은 눈에 띄게 남편의 표정이 밝았다. 번잡한 것이 싫어 아는 이의 문병을 소홀했던 자신을 돌아보았다.

정작 식구인 나는 쉴 수 없는 형편이라 하루 한 번 물건 하러 나오는 시간에 틈내서 들러야 했다. 다행히 병원은 도매상이 있는 지역과 가까웠다. 커다란 보따리를 여러 개씩 들고 병실 출입하는 것이 눈치가 보였지만 달리 맡길 곳이 없었다. 경비가 있는 날은 높은 창문에 매달려 남편을 불러냈다.

입원한 지 열흘 째 되던 날 나와 연락이 되지 않아 보호자가 없어 본인이 직접 사인을 하고 수술실로 들어가게 되었다. 비어 있는 남편의 침대를 보고 당황하는 내게 간호원은 중환자실로 안내를 했고 남편은 피고름이 흐르는 튜브를 끼고 난방도 제대로 되지 않아 덜덜 떨며 몸을 시트 한 장으로 가린 채 고통스러워하고 있었다. 남편은 나를 보자 수술실에 가서 자기 소지품을 찾아달라고 했다. 수술실 앞에서 담당 간호원은 피해 버리고 수술실 키가 없다며 버티는 청소부와 다투다 경비를 불러서야 겨우 돌려받을 수 있었다. 보호자가 없다보니 주머니에 있던 약간의 돈과 결혼반지에 욕심을 낸 것이다. 의사는 흔히 있는 일이라고 대수롭지 않게 말했다.

시중이 필요한 남편을 두고 돌아서자니 눈물이 앞을 가렸다. 중환자실은 환자의 프라이버시를 위해 동성의 보호자 출입만을 허락했다. 할 수 없이 큰아이가 학교를 결석하고 아빠 곁을 지켰다. 복도에서 대기하다 면회가 허락이 되면 아빠 용변 시중도 들고 식사시중도 들어가며 닷새 간 새우잠을 자야 했다. 잠이 많은 아이에게 무척 힘든 일이었을 텐데 잠자리 걱정하는 엄마를 오히려 위로해 주었다.

현지어가 짧은 남편은 의사소통이 어려워 짜증을 냈다. 간호원에게 슬그머니 돈이나 옷을 건네고 담당 의사에게는 눈물로 호소했다. 일주일 만에 일반 병동으로 돌아오니 식사가 문제였다. 양도 적었지만 평상시에도 빵을 먹으며 거북해 하던 남편은 병원식을 소화하지 못했다. 가까운 분들이 죽이나 음식을 보내주셨지만 매번 신세를 질 수는 없었다. 해서 한 끼는 집에서 준비하거나 한국음식을 사서라도 병원으로 가져갔다. 한국음식 냄새에 민감한 원주민 때문에 싸구려 피자 한 조각으로 때우고 장사가 끝나 집으로 돌아가면 철없는 막내는 주인 할아버지댁 저녁상을 기웃거리고 있었다.

유치원에서 생활하다가 훼리아 가까운 곳으로 이사를 했는데 초등학교 졸업반이던 큰아이는 중학교 시험 중이라 유치원에서 지내고 막내는 집

근처 학교로 전학을 시켰으나 보호해 주던 형이 없어서인지 늘 불안해했다. 그 뒤로 막내는 엄마 지갑에서 잔돈을 꺼내갔다. 야단도 치고 화가 나기도 했지만 그치지 않았다. 반 아이들이 자꾸 놀리니까 뭔가를 사주는 걸로 해결했던 것이다. 두 눈을 치켜 올리고 '치노'라고 놀리는 아이들이 무섭다고 울었다. 답답해서 학교 선생님을 찾았지만 대책이 없었다. 무거운 발걸음으로 막내를 데리고 학교 문을 나서는데 소리를 질렀다. 치노가 아니라 꼬레아노라고. 그리고 예전 큰아이 입학시키고 썼던 방법을 다시 쓰기로 했다. 교장부터 수위까지 선물을 했다. 계속되는 선물 공세에 선생님들은 막내를 보호해 주었고 얼마 지나지 않아 막내는 더 이상 돈을 필요로 하지 않았다.

수술 직후 다시 재수술을 했을 정도로 상황이 좋지 않았다. 의사는 다시 재수술을 거론했고, 이십 명이 함께 있는 병실은 죽음도 여러 차례 있었다. 우연히 목격한 뒤로는 남편의 침대가 비어 있으면 가슴이 철렁했다. 재수술 여부를 위해 복잡한 검사는 다시 시작이 되었다.

입원비는 무료라 하나 주사약이나 특수 촬영은 환자 부담이었다.

지출을 줄이느라 도매상에서 물건을 구입해 보따리가 커져도 기사 눈치를 보며 버스를 이용했다. 여행용 수레에 구입한 옷 보따리를 잔뜩 얹은 채 버스에 오르는 것도 힘들었지만 승객이 많은 날은 바닥에 내려놓지도 못하고 한 시간을 들고 있어야 했다. 그리고 훼리아로 가져가려면 길이 고르지 않아 떨어지고 넘어지고 하기야 일쑤였다. 그러나 그보다 더 겁나는 건 강도였다. 동네가 우범지역이니 대낮에도 흔한 일이라 뛰다시피 살펴가며 훼리아에 도착하면 겨울인데도 등에 땀이 차 있었다. 하지만 가게에 드는 좀도둑은 아무리 눈을 크게 떠도 막을 길이 없었고 비싼 옷을 잘도 골라 가져가 도둑맞은 걸 확인하는 순간은 다리에 힘이 빠졌다. 식구가 다 달려들어도 손이 모자란 데 일이 서툰 나와 점원으로는 그들을 막는 것이 무리였다. 게다가 도둑들이 이웃이다 보니 보복이 두려워 내게 알리지도 못했다.

　회진 시간에 의사는 고개를 갸우뚱하고 남편의 얼굴은 초췌했다. 주위에서는 한국에서는 큰 병도 아닌데 병원이 신통치 않아서라고 수군거리며 나를 독하다고 했다. 내 자신도 사립병원으로 옮기지 못한 탓인 것 같아 마음이 무거웠다. 면회가 끝나 병실로 향하는 남편의 뒷모습을 보며 혹시나 그이가 우리 곁으로 돌아오지 않으면 어쩌나 하는 조바심에 넓은 병원 뜰을 걸어 나오며 참 많이도 울었다. 병원 앞길을 지나게 되면 지금도 코끝이 아리다.

　막내는 지금도 가끔 비 오던 날을 이야기해서 마음을 아프게 한다. 어느 날 심하게 비바람이 몰아쳤다. 한국은 여름에 장마가 있지만 이곳은 겨울에 비가 많다. 게다가 하수 시설이 낡아 자주 물난리가 난다. 원체 많은 비라 훼리아도 물에 잠겨 비가 멈추기만 기다리고 있는데 시계를 보니 하교시간이었다. 막내 생각에 마음이 아팠지만 달리 방법이 없었다. 이곳은 평상시에도 거의 모든 학부형이 등하교를 함께 한다. 학생이 혼자 다니는 것이 이상해 보일 정도이다. 등하교시간의 학교 앞은 픽업하려는 부모들과 스쿨버스가 엉겨 늘 혼잡하다. 유치원이나 저학년은 부모가 늦을 경우는 선생님 퇴근이 늦어져 눈총을 받게 된다. 과잉보호라는 생각이 들지만 빈민층 아이들이나 길에서 노는 모습을 보일 정도로 아이들을 혼자 다니게 하지 않는다.

　막내는 아빠 입원을 이유로 등하교를 혼자 하도록 학교 측에 통보했었다. 평상시에도 서운했을 텐데 우비를 준비해 왔어도 혹여 아이가 젖을까 서두르는 부모와 함께 나가는 친구들을 보며 막내는 혹시나 하는 기대감에 나를 기다렸던가보다. 친구들이 돌아가고 학교 문이 닫히고야 장대비 속을 뛰었다. 돌아오던 빗속에서 막내는 무슨 생각을 했을까? 그날 저녁 현관에 벗어져 있던 옷과 운동화는 막 물에서 건져 올린 것이었다. 아침 일찍 나가는 나는 오후반이라 자고 있는 아이 얼굴에 뽀뽀하고 알람시계를 일어날 시간에 맞춰 갈아입을 옷과 간식비를 두고 나오는 것이 전부였다. 저녁부터 고열에 시달리더니 일주일을 학교도 가지 못하고 아파야 했다. 그런데도 엄마는 머리맡을 지켜주지 못했다. 약 먹은 시간표에 동그라미를 쳐놓고 엄마가 오길 기다리는 아이가 측은해도 제 시간에 약 먹으라고 볼멘소리만 했다. 밥투정을 하며 피자 사달라고 칭얼대던 아이는 식을까 서둘러 사오면 잠들어 있었고, 깨워 손에 들려주면 한 조각 입에 문채 다시 잠이 들었다.

다행히 주인 할아버지댁에서 틈틈이 막내를 챙겨주셨고 내가 저녁을 건너는 눈치가 보이면 할머니께서는 상을 차려들고 올라오셔서 숟가락을 들려주시고는 했다.

참 힘든 팔월과 구월이었다.

그리고 남편은 집으로 돌아왔다. 계속 검사를 받는 조건이 붙기는 했지만 그가 집으로 돌아오고 우리 가족은 일상으로 복귀할 수 있었다. 복용해야 하는 약은 고가인데다 약사의 말로는 속에 폭탄을 넣은 것처럼 독하다고 했다. 영양 섭취가 중요하다는데 고맙게도 구영채 사범, 장종희 사범 댁에서 한약을 지어주셨다. 특히 구 사범님은 형제분이 같은 병으로 오래 고생을 하셨다며 신경써주었다. 병원에 면회가는 일은 벗어났으나 더 열심히 뛰어다녔다. 그래도 나를 맞이해 주는 식구들이 있는 집으로 돌아오면 피곤함이 가셨다. 함께 저녁을 하며 막내 이야기를 들어주는 시간은 바쁘고 고달프다고 잊고 있었던 가정의 소중함을 새롭게 했다.

그러나 두 달을 넘기지 못하고 통증이 시작되어 다시 입원을 해야 했다. 담당의사가 추천한 병원은 폐질환 최고의 전문의가 있고 시설도 좋았으나 교통이 불편했다. 이전에 검사 의뢰를 위해 다녀본 적이 있었는데 버스를 두 번이나 갈아타야 했고, 도매상이 있는 지역과는 멀리 떨어져 있었다.

시립병원이라 입원비를 납부해야 했다. 천오백 불의 고지서를 해결할 수 없어 큰아이와 수납 담당자를 찾아 사정을 이야기하고 서류를 작성해서 사분의 일로 감면받았다. 수납이 해결되자 남편은 바로 중환자 병동으로 들어가게 되었는데 면회 시간이나 음식물 반입이 철저하게 통제되어 병실과 통화만 허락되기도 했다. 담당간호원이 혈액 보관실에 가보라고 해서 들렀더니 수술환자는 두 사람의 헌혈이 필요하다는데 직계 가족은 제외되었다. 주위 분들께 헌혈까지 부탁드리기 죄송해 말도 못 꺼낸 채 재촉받던 중 유치원 픽업을 돕던 미스터 한이 나서서 해결해 주었다.

밀려 있는 수술 스케줄로 날짜를 잡지 못하고 시간은 흘러 나나 남편이나 지쳐가고 있었다. 거동이 불편한 동료 환자 시중으로 소일하던 남편은 없던 버릇이 생겼다. 무소식이 희소식이라며 외국여행 중에도 전화 한 통화가 없던 남편이 아이들과 대화를 시작한 것이다. 무뚝뚝한 남편은 궁금해 하는 내게 꼭 말을 해야 아느냐며 핀잔을 주었었는데 그가 번갈아 아이들과 통화를 하며 하루 일과를 묻고 챙겨주는 자상한 아빠로 변화한 것이다.

큰아이가 응시한 중학교는 손꼽히는 명문이라 경쟁률이 높아 입시학원을 다녀야 할 정도였다. 새 학기가 시작하는 삼월에 응시 서류를 접수하면 육 개월 간 일주일에 세 번 학교에서 예비수업이 있다. 예비수업의 출석은 점수에 가산이 되며 수업을 담당하는 선생님들이 출제 위원이라 매우 중요하다. 응시학생이나 재학생에게 무리가 가지 않도록 야간에 수업이 이뤄져 유치원에 기거하면서 시험을 준비했다. 경황이 없던 나를 대신해 수미 선생은 시험 뒷바라지를 맡아주었다. 시험이 끝나던 날 집에서 통학하겠다며 가방을 들고 왔다. 방과 후엔 밀린 집안일이나 장사 일을 거들어 힘을 덜어주었다. 나이보다 덩치가 크고 조숙해 원주민 손님들이 남편을 새로 구했냐고 물어와 전해들은 남편이 샘을 내기도 했다.

면회시간을 맞추기 힘들면 큰아이가 갈아입을 옷과 음식을 챙겨 병원을 다녔다. 의사도 현지어가 서툰 나보다는 큰아이를 자주 찾았다.

이곳에서는 성적이 가장 우수한 졸업생에게 국기를 들게 하는 의식이 있다. 반데라(국기) 기수는 최우수 졸업생 메달도 함께 수여받게 되는 최고의 영광으로는 외국인에게는 흔치 않은 일이다. 칠학년 성적도 최상이라 욕심은 있었지만 아이에게 부담줄까봐 내색하지 않았는데 기수 학생으로 결정되었다는 소식은 응시했던 중학교의 합격과 함께 어려웠던 우리 가족에게 샘물 같았다. 그러나 발표회까지 곁들여진 졸업식에 시간을 낼 수가 없었다. 안타까웠지만 가장 큰 대목에 문을 닫을 형편이 못되어 그동안 애써준 수미 선생님과 함께 가도록 했다. 아빠가 자랑스런 아들의 모습을 무척 보고 싶어 했는데.

졸업식 날 아빠께 인사드린다고 오전에 병원에 들렀더니 담당의사가 검사할 일이 있다며 통역을 부탁해 시간이 지체되었던 모양이다. 서둘러 학교로 갔으나 최종 연습에 늦었다며 이등을 한 현지인 여학생으로 기수를 교체했다는 것이다. 사정을 설명했으나 학교 교복이 낡았다는 핑계까지 대며 기어이 교체를 해 행사 담당 선생님과 다투며 분한 마음에 눈물을 쏟았다고 한다. 외국인 학생에게 기수를 시키는 것이 내키지 않았던 것 같다. 졸업시즌이면 한국인을 포함한 외국인 학생들에게 졸업기수를 거부하는 학교 문제로 신문 한 면이 시끄럽다. 외국인 차별금지법이 있지만 도움이 되지 않는 현실이다.

기수 학생에게 주어지는 최우수 졸업생 메달은 미안했던지 이등한 여학생에게 주지 않고 학교에 보관되었다. 재학 중 학교 대표로 각종 대회에 참석해 좋은 성적을 올렸던 아이는 미뜨레 기념재단 후원의 전국 초·중대학교 최우수 졸업생을 대상으로 한 명이 선정되는 미뜨레 대통령 기념상을 수상하게 되어 다음해 삼월 온 가족의 축하를 받으며 군악대의 연주 속에 대통령 기념관에서 상을 받았다. 이어 열린 축하파티에서 자랑스럽게 한국인이라고 자신을 소개했고 부모도 소개되어 덩달아 큰 박수를 받았다. 아들 덕에 남편과 나는 어깨에 잔뜩 힘을 줄 수 있었지만 그건 후의 일이고 졸업식에서 마음이 상했을 아이는 식구들에게 내색도 하지 않았다. 아빠 병원에 들르느라 오전 연습에 늦지 않았더라도 내가 신경을 써

그날 하루만 입더라도 새 교복을 사주었더라면 그런 핑계를 대지 못했을 텐데 아무리 생각해도 엄마탓이었다. 형편이 어려웠다지만 까짓 장사 하루 접고 졸업식에 참석해 나도 함께 항의를 했더라면 도움이 되지 않았을까 싶어 힘이 되어 주지 못한 엄마는 그저 미안하기만 했다.

졸업식이 끝나자 큰아이는 함께 일을 다녔다. 보따리들은 들지도 못하게 하고 유창한 가스떼자노로 텃세하던 원주민들 코를 납작하게 했다.

재입원한 곳은 교통도 불편하고 찾기 힘든 곳에 위치해 문병을 기대하기 어려웠다. 장기간 입원하다보니 무척 사람을 그리워했다. 세끼 밥 한 공기 외에는 식후 과일이나 차조차 들지 않던 그가 마음이 허해서일까 유난히 간식거리를 찾았다. 그러던 중 같은 병동에 교통사고로 입원한 태권도 수련생 덕에 그란마에스트로라고 알려지게 되었다. 그러자 발음이 어려운 원용상이라는 이름보다는 병원의 식구들은 마에스트로라고 불렀다. 내심 남편도 좋아하는 눈치였다. 부쩍 태권도 이야기를 했다. 가족을 위해 잠시 접었던 꿈이 되살아나는 걸 느낄 수 있었다. 간식을 찾는 대신 태권도 교본을 뒤적였고 날씨가 좋은 날은 병원 뒤뜰에서 품세 연습하는 모습을 볼 수 있었다. 오랜만에 활기찬 모습을 보니 좋았다.

입원 25일째 되던 날 담당의사는 보호자 면담에서 퇴원을 권했다. 입원기간 중 약물 치료로 많이 회복되었으니 수술보다는 약물 치료를 계속하자고 했다. CT촬영은 매달해서 상태를 확인하고 수시로 진찰받을 수 있도록 해주었다. 촬영비가 부담스러운 처지라 생각되었던지 백오십 불 정도로 할인 받게 되었다. 관심을 가지고 도와주었던 의사선생님은 그 뒤로도 어려운 점이 없도록 애써 주신 고마운 분이시다.

남편의 퇴원이 결정되던 날 집으로 돌아와 구석구석 먼지를 털고 닦았다. 청소가 제대로 되어 있지 않으면 남편이 퇴원하지 못하게 되는 것처럼 날이 밝아오도록 쓸고 닦았다. 그리고 옷장 한 구석에 있던 도복들을 꺼내어 다림질을 하고 반듯하게 개어놓았다.

결혼 승낙을 받기 위해 찾아온 그가 직업을 태권도 사범이라고 하자 아버지는 며칠을 주무시지도 못하고 고민하셨다. 손끝에 키워온 고명딸을 실업자에게 시집보내는 것이 걸리신 것이다. 군생활을 오래 하신 아버지는 고지식하셔서 태권도는 대한민국 남자면 다 하는 건데 그걸 업으로 하냐고 하시며 남편을 실업자라고 걱정하셨다. 선도 마다하던 딸이 결혼하겠다니 말리지는 못하시고 실업자 사위로 걱정이 많으셨다. 몰래 체육관을 둘러보시고서야 사위의 직업을 인정하셨지만 처남들은 실업자(?) 매형을 놀리곤 했다. 하지만 아버지가 정확히 보신 것 같다. 생활을 책임지는 가장은 아니었다.

나는 늘 그가 사는 일에 무심한 것 같아 조바심을 했었다. 유난히 경쟁심이 강한 내 성격은 타인의 입장을 배려하느라 손해를 보는 그를 무능하다고 몰아붙였다. 그리고 난관에 부딪혀 어렵고 힘들어 자신의 일에서 도망치고 싶어하는 약해진 그를 무차별 폭격해 자신의 꿈을 접게 만들었다.

그를 버티고 있던 버팀목을 뽑아버리자 쓰러져버린 것은 아닌가? 그가 병원 생활을 하는 동안 줄곧 내 머리를 떠나지 않았던 생각이다. 경제를 책임진다는 교만에 빠져 내 능력을 과시하며 가정에서 그의 자리를 빼앗은 건 바로 나였다. 그가 우리 곁을 떠나 있던 병원 생활 중에 나와 아이들에게 그의 자리가 얼마나 큰 것인지를 절실히 알게 되었다. 경제적인 잣대를 기준으로 가장의 능력을 평가하며 그의 꿈을 이해하려 하지 않았던 나의 이기심, 네 식구 가진 것이 적어 좀 불편하게 살더라도 서로에게 믿음을 가지고 서로의 일을 존중하고 인정해 주는 것이 진정한 행복이란 것을 고통스런 병원생활에서 얻게 되다니.

돌아온 남편은 서둘러 자신의 자리로 돌아가려고 했다. 재발을 겪어보아 안정과 휴식이 중요하다는 걸 알면서도 자신이 자리를 비운 동안 가족들이 겪었던 고통을 덜어주고 싶어 했다. 또한 다시 솟아오른 자신의 꿈을 접으려는 간절한 몸부림이었다.

나는 가족을 배려하는 그의 마음만 받을 것이다. 어렵고 힘들더라도 그가 좋아하는 일을 할 수 있도록 곁에서 지키려고 한다. 좋아하는 걸 한다고 다 성공한다는 보장은 없다. 그러나 그가 원하는 것을 얻지 못하더라도 후회는 않을 것이다. 본인이 좋아하는 일을 했다는 자부심은 우리 가족 모두의 것이니까.

(『재외동포 문학의 창』, 재외동포재단, 2000)

　다람쥐 쳇바퀴 돌 듯 거의 변화가 없는 나의 일과는 아침에 가게 문을 열어 한 장이라도 더 팔아 보려고 손님들과 실랑이하다가 오후가 되면 빠진 옷을 구입하기 위해 도매상들이 밀집해 있는 아베자네다 거리로 종종걸음을 친다.

　한국의 도매시장과는 달리 양쪽으로 길고 화려한 쇼윈도를 가지고 서로 다른 자태를 뽐내니 결정의 시간에는 갈등도 많다.

　모델 보고 가격을 비교하며 바삐 걷다 보면 낯익은 얼굴들과 스치게 된다. 짧은 시간이지만 안부도 묻고 정보도 교환하고, 그러나 서로 시간에 쫓기는지라 아쉽게 발걸음을 옮겨야 한다.

　4차선 도로 양 옆으로 늘어서 있는 수많은 도매상들 사이에 들어선 구두점은 옷 때문에 피곤한 내 눈에 색다른 유혹이었다.

　이 길을 다닌 지 오년이 되도록 문을 열고 들어가 본 적은 없지만 매번 진열된 구두들은 빠짐없이 눈으로 신어 보았다.

　가격은 문제가 되지 않았다.

　팔 물건도 아니지만 어차피 높은 굽의 유행 구두는 종일 서서 손님을 맞거나 바삐 뛰어다니며 옷을 구입해야 하는 소매 옷가게 주인아줌마의 신으로는 적합하지 않으니까.

　이민 짐에 함께 실려 온 먼지가 앉은 하이힐들이 가뜩이나 좁은 신발장의 자리를 차지한다고 짜증을 내면서도 버리지 못하고 가끔 꺼내 신어보며 그 시절의 향수를 느끼듯 쇼윈도를 보는 시간만은 투박하고 손질도 게으른 구두를 신은 나를 유리 구두의 신데렐라로 만들어 주었다.

　짧은 시간이지만 빠지는 날 없이 나만을 위한 시간으로 자리 잡았다.

　허리가 시원치 않은 엄마를 도와주기 위해 따라 나서는 날이면 큰아이는 말없이 곁을 지켜 주었지만, 막내는 사지도 않으면서 그런다고 꼭 핀잔을 주었다.

그래도 매번 나는 구두점 앞에 멈춰 섰다.

두 주 전 큰아이가 pc방으로 아르바이트를 나섰다. 토요일, 일요일 이틀이지만 늦은 밤에 일이 끝나게 되는데, 우리 집이 교외에 있는데다 얼마 전 강도에게 가방이랑 워크맨을 빼앗기고 들어온 일도 있어 걱정이 많아 주저하다가 하도 간청을 해 마지못해 허락하게 되었다.

첫 날은 새벽 두 시에 들어오는 통에 잠도 못 자고 대문 밖을 서성였는데, 사내 녀석을 치마폭에서 키우려 한다는 남편의 구박에 아르바이트를 말리지 못했다.

그런데 네 번 일하고는 해고를 당했다. 매장 청소나 컴퓨터 관리를 하는 줄 알았는데 커피에 햄버거까지 만들어 서빙해야 하고, 일이 아직 익지 않은 아이를 오래 근무한 전임자와 자꾸 비교를 하는 통에 자존심도 상했는데, 주인 형이 적성에 맞지 않는다고 했단다. 그래서 합의하에 해고를 당했다는데 풀이 죽어 들어오는 모습을 보고 일하는 걸 탐탁지 않아 했으면서도 은근히 화가 났다.

가게 일을 도와 줄 땐 싹싹하다고 일부러 큰아이를 찾는 손님들도 꽤 있는데 너무 짧은 시간에 아이를 평가한 것 같아 속도 상했다.

내 맘을 아는지 서운한 표정은 감추고 시원하다고 했지만, 혹시 상처받은 건 아닌지 꽤 신경이 쓰였다.

물소리에 잠이 깨어 보니 이제 여섯 시였다. 아침이면 동네가 떠내려가도록 깨워도 졸고 있던 아이가 샤워를 하고 있었다. 해가 서쪽에서 뜨겠다며 놀리기는 했지만 기분이 가라앉아 보였다. 게다가 다른 날보다 서둘러 집을 나섰다. 평소와 다른 행동에 신경이 쓰이긴 했지만 일에 쫓겨서 잊고 있었다.

점원 아가씨는 몸이 아파 조퇴를 하고 남편은 체육회 모임 가느라 일찍 나가게 되었다. 큰아이가 늦어지니 시계만 보고 있는 남편의 등을 밀었다. 투덜거리는 막내와 일을 하려니 짜증이 났지만 그날따라 손님이 많아 바삐 움직이면서도 틈만 나면 눈은 밖을 살폈다. 근래 문 닫는 시간을 이용한 좀도둑이나 간 큰 강도들이 많아져 조심 또 조심해야 했다. 큰아이 기다리기를 포기하고 시작한 셔터 내리기는 무거운 쇠문을 걸지 못해 쩔쩔매느라 우리 가게만 남게 되었다. 겁 많은 막내는 눈물을 글썽이고 괜시리 지나는 발자국 소리에도 머리끝이 섰다. 마침 순찰 중이던 경찰이 도와주어 보조 자물통까지 채우고 나니 이제까지 돌아오지 않는 큰아이에게 화도 나고 걱정도 되었다.

집에 와 있으려나했는데 불은 꺼져 있고 전화 메시지도 없다. 형이 늦게 오는 통에 자기만 일 많이 했다며 심술이 난 막내에게 저녁을 주고 나니 열시가 넘었다. 이제 열일곱 살이라 토요일, 일요일은 귀가 시간을 연장시켜 주었지만, 평일은 허용되지 않는 외출을 허락도 없이 할 아이가 아닌데 방정맞은 생각만 들었다.

연신 대문을 보다가 요사이 부쩍 통화가 잦아진 여자 친구네 집에 전화를 했다. 일전에 통화하는 걸 곁에서 보다가 적어 놓은 전화번호였는데 요긴히 써먹을 일이 생기다니.

그런데 엄마 선물 사러 나갔던 길이란다. 아르바이트 하느라 오랜만에 만나 밀린 이야기하다 늦어졌으니 야단치지 마시라며 일하는 동안 스트레스 많이 받았던 것 같다고 나보다 더 속상해한다.

여자친구 만나느라 아침 일찍 일어나 샤워까지 한 아들을 걱정한 것이 약이 올랐다.

은근히 선물이 기대되고 궁금했다.

그런데 기다리던 아이보다 전화가 먼저 왔다.

운수 노조의 야간 운행 파업이 밤 열 시부터 시작되어 아직 정거장에 있단다. 예고가 있기는 했지만 찬반이 반반이라 준비가 없었는지 많은 이들이 버스를 기다리고 있다고 했다.

매운 추위와 바람까지 심한 날씨에 언제 올지 모를 버스를 기다리느라 길에서 있을 아이 때문에 편히 앉아 있을 수가 없었다.

늦어지는 남편이 원망스럽기만 했다.

'그이가 있으면 데리러 갈 수 있을 텐데.'

비 맞은 중마냥 중얼거리며 대문 밖을 서성였다.

마침 들어서는 차를 되돌려 아이가 서있다는 정거장으로 향했지만 아이는 보이지 않았다. 애꿎은 남편한테 신경질을 부리며 주위를 돌아봤지만 찾을 수 없었다. 혹시나 싶어 돌아오는 길에도 차창에서 눈을 뗄 수가 없었다. 걸어가고 있는 건 아닌가 싶어.

힘없이 차에서 내리는데 아이가 뛰어오고 있었다. 마침 이웃에서 장사하는 원주민이 알아보고 차를 태워 줬다며 운이 좋았다고 환하게 웃는 아이를 보니 탈 없이 집으로 돌아와 다행이다 싶으면서도 화가 났다.

들고 있는 쇼핑백에 눈길이 가긴 했지만 죄송하다는 말도 못하고 눈물만 흘리는 아이에게, 사내자식이 그렇게 여려서 사회생활을 어떻게 하겠냐면서, 사회생활이 어려운 거라는 마음에도 없는 모진 소리만 해댔다.

남편이 중재에 나섰고 그 틈에 아이는 슬그머니 쇼핑백을 내 앞으로 밀어 놓았다.

선물 안 줘도 좋으니 걱정이나 시키지 말라며 아이가 보는 데서 한쪽으로 던져 버렸다.

눈물을 흘리며 이층 제방으로 향하는 아이가 안쓰럽긴 했지만 애써 고개를 돌렸다.

방문 닫히는 소리를 듣고야 던져져 있던 쇼핑백을 주워들었다. 부스럭거리는 소리가 들릴까 조심스레 꺼내 보니 낯익은 구두가 들어 있었다.

"예전엔 엄마도 하이힐만 신었는데, 저 구두 참 예쁘다. 엄마 신으면 어떨까?" 하면 눈길이 오래 머문 것을 용케도 기억하고 있었던 것이다.

방금 전까지 씩씩거리며 야단을 치던 엄마는 철부지 아이마냥 주책 맞게 구두를 꺼내 신었다.

어쩜 왕자님이 신데렐라를 찾았듯이 내 발에 맞춘 양 꼭 맞았다. 엄마 발 치수를 알고 있었다니, 어린아이처럼 신은 모습을 거울에 비춰도 보고 앞뒤로 걸어도 보고 한참을 그러다가 구두를 벗었다. 그리고 혹시 바닥에 흠집이라도 났을까 깨끗이 닦아 상자에 넣었다.

다음날 옷을 구입하기 위해 나선 길에 다시 구두점 앞에 섰다. 손에는 아이가 사다 준 구두가 들려 있었고 늘 하듯이 쇼윈도를 찬찬히 살폈다.

평소보다 많은 시간이 지나서야 가격이 같으면서 굽이 낮고 발이 편할 듯한 검정 구두로 결정한 뒤, 문을 열려다 남편이 해주던 말이 생각나 멈춰 섰다. 예쁘긴 한데 이 구두 신고 갈 곳이 없다는 푸념 끝에 아무래도 신발을 바꿔야겠다며 영수증을 챙기는 나를 보며, 한마디 했다.

"사온 아이 성의를 생각해서 그냥 신어, 정 신을 일이 없으면 모셔 놓기라도 해. 그걸 고르던 아이 맘을 생각해 줘야지."

그냥 돌아섰다. 애써 번 돈으로 엄마 구두 고르며 아이는 엄마의 모습을 보고 싶었을까? 신발을 바꾸겠다고 들고 나서는 가슴이 말라 버린 엄마에게 실망하지 않았는지 걱정이 되었다.

가게로 돌아와 구두를 신어 보았다. 점원 아가씨는 예쁘다고 호들갑을 떨고, 보고 있던 단골 할머니도 한마디 거든다.

우리 아들이 아르바이트해서 번 돈으로 사다준 거라고 오는 손님마다 붙잡고 자랑을 했다.

그런데 막상 아이가 돌아오니 구두 이야기를 꺼내기가 쑥스러워 쇼핑백을 슬그머니 감췄다. 모두들 방으로 들어간 뒤에야 쇼핑백을 꺼냈다.

이미 당분간은 신을 일이 없겠지만 아이에게 내 마음을 보이고 싶어 신발장 맨 앞자리 잘 보이는 곳에 놓았다. 상자와 봉투를 정리하다가 상자 밑에 붙은 쪽지를 보고는 다시 구두를 꺼내들었다.

"엄마, 구두점 앞에서 들어가지도 못하고 구경만 하고 계신 엄마를 보면 속상했어요. 제 기억에 엄마는 멋쟁이 원장 선생님이셨는데, 이민와서 장사일로 고생하셔서 달라지셨어요. 아르바이트해서 엄마한테 이민오기 전처럼 예쁜 옷에 구두를 신게 해드리고 싶었는데 빨리 잘려서 겨우 구두 살 돈만 생겼어요. 이 구두를 신고 싶어 하셨지요. 쑥스러워서 말로는 못했지만 용건이는 엄마를 무척 사랑합니다."

간간이 틀린 맞춤법이나 어색한 문장은 문제가 되지 않았다.

구두 바꾸는 일에 신경 쓰느라 하마터면 아들이 보낸 아름다운 사랑의 편지를 읽지 못할 뻔했다.

가슴에 구두를 꼭 안았다. 아들의 따뜻한 마음이 내 가슴으로 들어오는 걸 느낄 수 있었다.

'구두를 바꿨더라면 아이가 얼마나 서운했을까?'

구두코에 떨어지는 눈물을 연신 소매로 닦는데도 눈물은 멈추지 않았다.

화장실에 가느라 나온 막내가 "엄마, 울어?"하고 묻는다.

"아니야, 엄마 웃고 있는 거야. 웃음소리 안 들려."

눈물 콧물로 뒤범벅이 돼서 웃고 있는 엄마를 막내는 물끄러미 바라본다. 너무 행복해서 소리 내어 웃으며 흘리는 이 눈물을 고이 가슴에 담아두었다가 힘들고 어려울 때면 꺼내어 보며 오늘을 기억할 것이다.

(『재외동포 문학의 창』, 재외동포재단, 2001)

06 순간아! 난 널 사랑해 _박헬레나

순간이란 어떻게 표현하면 적절할까. 눈 한번 깜박하는 사이, 시계 초침이 째깍하는 찰나이다. 한순간이란 그렇게 짧은데 그 순간이 쌓여 세월이 되고 그 순간 속에 세월이 흐르고 인생은 가며 정지란 없다. 순간마다 기쁨과 고통과 슬픔, 미워하고 원망하는 것, 뼈저린 이별과 감동과 희열이 순간 속에서 지나간다. 그 짧은 순간의 희비애락이 모두 함축되어 있는 것이다.

애환은 가슴에서 맴돌지만 사라진 그 순간은 돌아오지 않는 철칙을 지녔다.

우리가 만나는 순간에 이루어지는 생각과 말과 행위의 결과는 피할 수도, 두 번 다시 반복은 없다. 순간 속에 영원히 사라지므로 주어지는 모든 것을 겸허하게 받아들이면 그 몫이 고통일지라도 감사하게 받아드려야 영혼이 평화를 누릴 수 있다.

내 인생에 다시없을 순간순간이 너무나 귀중해 "순간아, 널 사랑한다"고 고백한다. 내 창가에 잿빛 저녁이 내리기 시작하고 어느덧 낙엽 지니, 푸른빛을 거두어서 내 공간이 밝아지고 옷을 벗은 앙상한 나뭇가지에 무심한 비바람이 흔들고 간다.

칠십여 평생을 뒤돌아본다. 긴 세월 속에 나만이 간직한 애환의 사연들이 명암을 드리우고 주마등처럼 스쳐간다. 생명을 걸고 사랑을 한다 해도 똑같은 생각, 사랑의 심도와 부피가 절대 같을 수 없는 것이 인간이다. 어머니 탯줄에서 갈라질 때 한 소리 울음으로 개체가 되어, 자기 의사와는 관계없이 주어지는 순간에 주어지는 몫으로 살아간다. 때로는 고독으로 몸부림치기도 하며 인생여정을 신의 뜻에 따라 순종하며 산다. 고독을 사랑하면서 만끽하고 스스로를 아끼고 사랑해야만 이웃을 자기처럼 사랑할 줄 알게 된다.

모든 인간은 희망을 바라고 산다. 한 치 앞에 무슨 일이 기다리고 있는

지를 모르지만 무지갯빛 희망을 기대하고 살기 때문에 인생은 행복할 수 있는 것이다.

인간들에게 앞을 볼 수 있는 능력이 주어진다면 어떤 반응을 일으키며 세상은 어떻게 변할까. 그 결과는 상상할 수 없는 아수라장일 것이다. 한 치 앞을 모르기 때문에 순간이 희망에 부풀 수 있고 행복한 것이다. 속담에 '철들자 망령 난다'는 말이 있는데, 필자는 죽는 날까지 철들다 죽을 것이다. 멀쩡하게 나이 먹고 왜 나이 값도 못했지 생각하면 '쯧쯧, 이렇게 철이 없어서야' 하며 쓴웃음을 삼키게 된다.

노인이 되면 어린애로 돌아간다고 하는 말이 실감 난다. 몸은 쇠약해져 행동이 원활하지 못해 짜증스럽고, 통제력의 나사가 풀려 본성이 노출되고 노여움이 늘어 분수를 넘는다. 결코 아름다운 모습이 아니며 후손들에게 본이 될 일은 더욱 아니다. 순간순간 자신을 추스르고 말수를 줄이고 고고하고 온화하고 깨끗한 품격을 지녀야겠고 늘 묵상과 기도를 잊지 않아야 하겠다.

노인이 되면 좋은 점도 많다. 풍부한 산 경험이 많다는 것은 물론이고 또 한 가지는 망각의 세계로 돌아가 단순해지는 것이다.

'업은 아이 삼 년 찾는다'는 말이 이런 것이구나 한다. 무엇을 가지러 가다가도 깜박해서 왔다 갔다 하기가 다반사이다. 가스 불 끄지 않아 냄비는 성한 것이 하나도 없다. 하루는 안경을 쓰려고 30분이나 찾아보니 그만 짜증이 나고 분통이 터져 털썩 주저앉았는데, 물건들이 잘 보이는 느낌이 들어 얼굴을 쓰다듬어 보니 안경을 끼고서 그렇게 찾으려고 애를 쓴 것이다. 어이가 없어 박장대소 배꼽이 빠지도록 웃어대고 나니 속이 후련하다. 웃으면서도 하루에도 몇 번씩 깜박거리는 자신에 대한 허전한 마음도 들었다. 그러나 이내 평정한 마음으로 돌아간다. 그것 또한 망각하기 때문이다. 망각도 축복이다. 인생의 애환을 잊을 수 있기 때문이다.

노인이지만 망각 사이에 아직은 이성과 육신이 치열한 힘겨루기를 할 수 있는 여력이 충분하다. 삶의 여백에 황혼이 드리우는 데 더더욱 혼신을 다하여 순간순간 충실하며 정직하고 겸허하게 조용히 살아가려 한다.

인생은 덧없는 것. 그러나 한없이 아름다운 것. 창조주 하느님의 작품 속에서 삶을 윤택하고 아름답게 사랑의 계명을 지키며 순간에 감사하며 끝맺음을 아름답게 완성하기 위하여 전진할 것이다. 그러나 인생에 완성은 없다.

(『로스안데스문학』 통권5호, 2000)

똘레란시아 _신동석

'똘레란시아(Tolerancia)' 프랑스에서 유래된 '톨레랑스'와 같은 말로, 역지사지(易地思之), 관용하는 삶의 태도를 뜻하지만, 더 나아가 '내가 동의하지 않는 생각, 종교 사상 등을 포함한 모든 것을 용인한다.'는 정신으로 요약된다.

내가 살고 있는 라틴 문화권인 아르헨티나 사회 속에도 그 정신이 깊숙이 자리하고 있다.

아침 출근시간, 오늘따라 공항 도로에서 차가 많이 밀려서 평상시보다 30분은 늦었는데 마지막 관문인 건널목에서 기다리기를 15분, 마음은 급해지고 짜증이 나기 시작한다. 앞뒤로 기다리는 차가 수십 대도 넘으니 마음만 급했지 뾰족한 방법이 없다. 부에노스 아이레스 시내 곳곳에서 철길을 건너기 위해서 내려진 차단기가 올라가기를 기다리며 시간을 낭비하는 차들이 줄잡아 하루에도 수천 대는 넘으리라. 이들이 낭비하는 시간과 기름 값을 돈으로 환산해도 엄청날 터인데, 30년 전이나 지금이나 별로 달라진 것이 없다. 그렇다고 언제 개선된다는 소식도 없고, 설령 발표를 해도 제대로 지켜진 적이 없으니 기대도 하지 않는다.

"정말 한심해요.", "한국 같으면 이러지 않을 텐데.", "건널목이나 없앨 것이지. 뜨렌 발라(고속열차)는 무슨……." 나라를 원망하고, 시장을 원망하고, 불평할 줄 모르는 시민들까지 원망한다. 사회기간시설이 후진국 수준을 벗어나지 못하는 나라에 살고 있는 자신의 한심한 처지를 달래보는 카타르시스다.

기차가 지나간다. TBA(부에노스 아이레스 철도)라는 이름이 부끄럽다. 유리창 너머로 보이는 전동차 속은 출근길 승객들로 빼곡하다. 남루한 옷을 입은 기차 모습만큼이나 밝지 않는 노동자들의 표정이 피곤해 보인다. 내 갈길 바쁜 생각만 했지 출근길 승객들을 염두에도 두지 못한 자신이 쑥스러워진다. '항상 베풀자. 남을 배려하자'는 생각뿐이지, 급해지면 내

입장을 앞세우는 나는 '똘레란시아'가 부족한사람이다.

차단기가 내려진 상태로 많은 차들이 오래 기다릴수록 신이 나는 이들도 있다. 거리의 차 유리닦이들이다. 땟국이 흐르는 얼굴이지만 상기된 표정에는 활기마저 넘친다. 한 손엔 물병을, 다른 한 손에는 유리닦개를 들고 차 앞으로 달려드는 기세가 막무가내다. '물 들어왔을 때 노 젓자'는 심산인 모양인데 결코 만만치만은 않다. 열 대 중에 한 대 정도가 낚일까. 나도 그 한 대에 들어간 적이 손꼽히는데, 손가락을 흔들고 그냥 지나치고 나서는 후회한다. "다음번에는 1페소짜리 하나씩 줘야지." 마음먹곤 하지만 귀찮은 생각이 앞서 실천하지 못한다. 막간을 이용해서 유리를 청소해주고 동전 몇 닢을 받고자 하는 그들의 모습이 측은하다.

나이의 반을 넘게 이 땅에서 살았지만 아직도 나는 이방인이다. 내가 혜택을 받을 때는 거주자이기를 자청하면서 불편한 상황에 부딪칠 때는 문화충격을 이기지 못하고 피해자라는 생각을 먼저 한다. 문화충격은 젊은 세대만의 전유물이 아니다. 나 같은 기성세대들도 적응하기가 녹록하지 않다. 현지인들과의 생활 속에서 느끼는 이질감 말고도 젊은 교민들이 모여 '까스떼샤노'로 대화를 주고받는 자리에 끼면 불현듯 소외감을 느낀다. 그들은 이해 못해서가 아닌데도 문화의 단절을 보는 것 같아 괜한 조바심을 하게 된다.

우리 동네 상가 주변은 넝마주이 집합소로 바뀔 때가 종종 있다. 대부분이 남자들인 틈에 가족으로 보이는 젊은 아가씨나 어린 아기를 안고 있는 여인도 이따금 눈에 보인다.

길모퉁이에 폐품을 나르는 트럭 대신 오늘은 버스가 대기 하고 있는데 산전수전 다 겪은 모습이다. 운이 좋아서 아직까지 폐차장 신세를 면했나 보다. 고물버스 앞에서 줄지어 차례를 기다리고 있는 리어카도 흉물스럽긴 마찬가지다. 빈 상자, 천 조각, 비닐 조각, 부서진 의자 등이 가득히 실려 있는 모습은 금방이라도 넘어질 듯 위태롭다. 패션거리와는 도무지

조화가 되지 않는 풍경이다. 마치 2008년도 컬러 사진 위에 50년 전 흑백 사진을 '콜라주'한 형상이다.

2001년 디폴트로 인한 경제 파동 때부터 보이기 시작하더니 이젠 시내 곳곳에 자리를 잡고 있는 쓰레기 처리장 같은 모습이 볼썽사납다. 종종 마차를 타고 나타나는 넝마주이도 볼 수 있는데, '벤허'를 방불케 한다. 전차를 몰고 경기장에 입장하는 중세의 기사처럼 당당하게 차도를 누비면 뒤 따라가는 자동차들이 전전긍긍한다.

없는 자의 월권일까? 유세부림이 사뭇 당당하여 그들에겐 교통법이고 뭐고 거칠 게 없다. 그런데도 행패를 덤덤하게 받아들이는 운전자들의 태도가 적적한 관용으로만 받아들여지지 않는다. 국가 이미지를 생각해서 단속을 할 법도 하련만, 현직 관리들의 못 가진 자들에 대한 배려 때문인지 변화의 기미가 보이지 않는다.

똘레란시아 한계를 보는 듯하여 혼란스럽다. 훌륭한 정신도 서로가 주고받을 때 그 진가가 빛을 낸다. 지나치게 한쪽으로 무게가 실리면 사회를 어지럽히는 독이 될 수도 있지 않을까…….

오늘따라 퇴근길에 널려있는 넝마주이들의 움직임이 부산스럽다. 수확이 괜찮은 분위기다. 종일 뒤집어쓴 쓰레기먼지로 거무데데하게 변한 그들의 얼굴에서 주눅들은 표정은 찾기 힘들다. 천진으로 생각하는지도 모르겠다.

그래도 리어카 사이에 쪼그리고 앉아있는 여인의 모습은 애처롭다. 엄마의 가슴에 파묻혀 젖을 찾고 있는 아기의 모습에서 눈길이 머문다.

흐려진 눈을 들어 하늘은 본다. 어느새 회색빛 구름은 온데간데없고 푸르름이 아름답다.

아무래도 많은 똘레란시아를 가슴에 품고 살아야 하는 시절인가 보다.

(수필집 『세 마리의 도라도』, 최운 수필교실, 2008)

⁰⁸ 한 송이 국화꽃을 피우기 위해 _ 심경희

〈계절이 지나가는 하늘에는 가을로 가득 차 있습니다.〉

윤동주 시 〈별 헤는 밤〉의 첫 부분이다.

아직도 볕에 서면 따갑기는 하지만, 한풀 시든 게 은행의 허약한 잔고 같다.

3월이, 가을임이 어색하지 않다니……. 아르헨티나에 내가 살기는 꽤 오래인가 보다.

이곳에 살면서 가장 적응 안 된 게 계절이다. 한국에서의 3월이라면 진달래가 수줍게 피는 봄날이어야 하고, 5월은 초여름 아카시아 꽃향기가 온 산야에 진동하는 스물한 살 맨 얼굴이어야 했다.

11월엔 샛노란 은행잎이 쫙 깔린 오솔길을 걸어야 제 맛이고, 12월엔 눈이 짓 문드러지도록 보고픈 사람을 기다리듯 첫눈을 기다려야 했다.

이것에 익숙해진 나에게 이곳 부에노스 아이레스 계절이 정반대로 찾아오니 나는 계절을 잃어버리고 사는 사람이었다. 정신없이 살다 보니 가로수가 잎새를 떨군다 싶더니만 어느새 연둣빛 싹을 틔웠다.

그래, 이 곳 계절이란 진열장 안의 마네킹에다 여름옷을 겨울옷으로 바꿔 입히는 두 계절 밖에 찾아오질 않았다.

나는, 30년도 더 훨씬 넘는 세월을 살고 나서야 잃어버린 그 계절을 다시 찾았다.

그래, 부에노스 아이레스의 3월은 가을의 시작이다.

서정주의 〈국화 옆에서〉가 생각난다.

한 송이 국화꽃을 피우기 위해
봄부터 소쩍새는
그렇게 울었나 보다

한 송이 국화꽃을 피우기 위해
천둥은 먹구름 속에서
또 그렇게 울었나 보다

그립고 아쉬움에 가슴 조이던
머언 먼 젊음의 뒤안길에서
이제는 돌아와 거울 앞에 선
내 누님같이 생긴 꽃이여

노오란 네 꽃잎이 피려고
간밤엔 무서리가 저리 내리고
내게는 잠도 오지 않았나 보다

1947년 11월 9일자 신문에 발표된 이 시는 명문으로 꼽히고 있다. 고등학교 교과서에도 실려 있어 대중에게 널리 알려진 시다.

내가 고등학교 적에는 국어 선생님이 온 감정을 다 넣어 읊어도 아무 감흥이 일어나지 않은 것은 시험에만 정신이 팔려 그랬나 싶다. 이 나이에 지금 다시 읽어 본다는 건 좀 그렇긴 하지만, 자연의 섭리와 인생의 무상이 어떤 것인가를 일깨워 주고 있다.

〈머언 먼 젊음의 뒤안길에서, 이제는 돌아와 거울 앞에 선 내 누님같이 생긴 꽃이여〉이 구절이 마음에 촉촉히 와 닿는 것은, 먼 나의 젊은 날을 떠올리며 인생의 덧없음을 깨달았기 때문이리라. 치기어린 나의 10대, 순정을 바친 20대, 그리고 뜨거운 열정을 주체 못하던 30대, 모두가 일장춘몽처럼 지나가 버렸다.

아, 한인이민사회가 44년이구나.

멋모르고 덤벼든 이민(용기도 참 좋았다). 오직 일에만 매달려 살아온 세월이 맘먹은 대로 헛되지 않았고 다들 살만해지지 않았는가? 천방지축 달려온 실수투성이, 잠 못 이루던 고통의 터널도 다 지나가 버렸으리라.

이제는 그 주역들이 초라하게 늙어가는 이름 없는 가장들일 뿐이다. 하지만 그 가장들이 이만큼 한인사회를 만들었음에 틀림없다.

컴맹인 나로서 이렇다 저렇다 말 할 것이 없지만 인터넷에 무슨 비방의 글이 많이 오른다고 야단들이다.

얼굴 안 보인다고, 이름 안 밝혀도 괜찮다고 타인을 마구잡이로 매도한다는 건 좀 뭣하다. 얼굴 없고 이름 없는 글은 결코 진실이 진실하지 않는 법이니까. 그야말로 '나다 께 베르(Nada que ver)'이다.

한 송이 국화꽃을 피우기 위해서도 그토록 소쩍새가 울어야 했고, 천둥이 먹구름 속에서 그토록 울어야 함인데, '나'가 태어나기 위해서 얼마나 많은 사계절이 왔다 가고, 얼마나 많은 밀물과 썰물이 밀고 당겼을까. 태초의 인간에서 나에게까지 분명 억겁의 세월이 흘렀을 테지만 우리네 삶은 고래 80이다. 길다면 길고 짧다면 너무 짧다. 생각하면 촌음을 아껴 살아야 할 것 같다. 헛된 말을 하기에는 시간이 너무 아깝다.

얼마 전 김수환 추기경님은 많은 사람에게 소박한 사랑을 심어두고 선종하셨다.

윤동주의 서시를 무척 좋아하신 추기경님은 그 시의 '하늘을 우러러 한 점 부끄러움이 없기를'란 대목을 차마 입에 담을 수가 없다고 고백하셨다. 그 분의 양심을 울린 이 대목이 나 같은 보통 인간에게야…나 또한 내 양심의 울림에 부르르 몸을 떨어야 했다. 아르헨티나 한인사회는 어디다 내놓아도 부족함이 없다. 무엇이 모자란단 말인가? 무엇이 더 필요하단 말인가? 더 욕심낼 것이 무엇이란 말인가? 이곳을 다녀간 많은 사람들이 입을 모아 푸근한 시골인심이 살아 있는 곳이라고 말들 한다.

머언 먼 젊음의 뒤안길에서

이제는 돌아와 거울 앞에 선 내 누님같이

조용히 성찰해 보는 시간이 필요하겠다. 그 누구든 제 삶을 되돌아볼 때면 인생의 덧없음에 몸이 떨릴 것이다.

부에노스 아이레스의 가을.

노란 국화꽃 같은 향기 가득한 사랑스런 언어가 인터넷에 떠 다녔으면
하는 바람,

한인 모두의 욕심 아닐까.

(『로스안데스문학』 통권12호, 2009)

찻집 순례 _ 이세윤

아침 산책길.

오늘도 어김없이 찾아가는 카페(Bar)가 있다. 홀린 듯 원두커피 향을 따라 들어서면 오랜 기다림 같은 낡은 탁자가 기다리고 있다. 흘러간 세월에 순응하며 누군가의 사색이 되고 삶의 위로가 되었을 탁자들은 이제 모서리가 닳아 헤어진 옷섶 같다.

무어라 딱히 마음의 소리를 퍼 올릴 수 없는 날, 나는 이 카페를 즐겨 찾는다.

운동복 차림의 중년 부부들이 산책을 끝내고 커피 한 잔과 메디아 루나(달 모양의 빵) 두 개로 아침 식사를 한다. 창가에 앉아 신문을 뒤적이는 늙수그레한 신사는 인근 아파트에 사는 후빌라도(연금 수혜자)임이 틀림없다. 탁자 위에 서류를 펼쳐놓고 아침을 먹는 사람이라면 공무원이고 노트북을 펼쳐놓은 사람은 학생임이 틀림없다. 서로의 모습은 다르지만 진한 커피 향만큼이나, 낡아서 느슨한 듯 편안한 분위기가 좋아 찾아오는 사람들이다.

내 안에 밤새 그려놓은 무채색의 밑그림을 펼쳐놓고 골똘히 생각하는 동안 방금 끓여낸 원두커피가 탁자에 놓이면 나는 비로소 행복한 자유인이 된다. 그리고 잔이 다 비워져 갈 때쯤이면 나의 하루는 반쯤 채색되어 있다.

볼펜을 만지작거리며 바라보는 창밖의 아침풍경은 단조로우나 평화롭고, 고요하나 활기차다.

길 건너 아이스크림 가게가 막 문을 연다.

어제 들은 얘기가 생각난다.

다섯 살 먹은 딸아이가

"아빠, 수영장 갔다 와서 아이스크림 마시러 가자!"

"아이스크림은 마신다고 하지 않아……"

"그럼 아이스크림 타러 가자!"라고 하는 바람에 배꼽을 잡았단다.

한국말의 중립에서 표현방법에 혼돈이 온 것이다.

한국말을 그만큼 한다는 것도 기특하고 어떻게든 나름대로 방법을 찾아보려는 노력이 또한 귀엽고 깜찍하기 그지없는 발상이다. 이제 막 돌을 넘긴 손자녀석도 곧 이런 말을 하며 웃을 날이 올 것이다.

남편과 연애할 때의 일이니까 30년도 훨씬 넘은 이야기다.

기차역 부근의 '미담'이라는 찻집에서 오후 네 시에 만나기로 했지만 마음이 내키지 않아 여섯 시간을 방황한 후에야 찾아가보니 아직도 그 자리에서 뒷모습을 보인 채 고집스럽게 앉아 있었다. 언젠가는 올 것 같았다는 것이다. 지금 같으면 저렇게 꽉 막힌 사람과 어떻게 평생을 살까 두말 않고 돌아섰을 텐데. 그때, 이십대 내 나이로는 여섯 시간이나 나를 기다려준 사람이 그렇게 감동스러울 수가 없었다. 그런 우리가 이젠 할머니, 할아버지가 되었다. 큰아들은 한국에서 장가를 들고 손녀 둘을 낳았지만 나는 결혼식에도 참석할 수 없었고 손녀들은 내 품에 안아보지도 못했다. 그것을 늘 마음의 짐으로 짊어지고 산다.

나는 걷는 것을 썩 좋아하지 않는다.

나의 관심을 끌어주는 무엇인가가 있으면 몇 시간이고 걷는데, 일상생활에서 특별히 나를 미친 듯이 걷게 해 주는 무엇인가가 없어서 나는 걷지 못한다고 항상 변명을 한다. 그래서 생각해 낸 것이 고풍스럽고 역사 깊은 부에노스 아이레스의 카페(Bar)들을 순례하기로 했다. 바로 이 원두커피로 유명한 카페를 첫 번째로 순례는 시작된다. 여기에서 약 1km정도를 더 걸어가면 날아갈 듯 우아한 고택의 이층 카페가 나온다. 창 넓은 이층으로 올라가면 공원 전체가 한 눈에 들어오고 채광이 좋아 아늑하고 따뜻하다. 이곳은 차와 함께 나오는 과자가 일품이다. 자주 들리다 보니 mozo(종업원)들도 먼저 안부를 물어온다. 이곳에선 주로 글감의 소재를 메모하거나 짧은 글을 쓰기도 한다. 어느 지인이 하루 석장씩 십이 주 동안 쓸 끈기만 있다면 뛰어난 문장가가 될 수 있다는 말에 나는 희망을 걸었다. 기도처럼, 주문처럼 하루 석 장씩만 쓰다 보면 명문장가가 될 것이라고 나 스스로에게 마법을 건다.

    집으로 돌아와 운동복을 갈아입고 샤워를 한 후 다시 몸단장을 한다. 오늘은 화요일이기 때문이다. 얼마 전 나는 내 안의 나와 약속을 했다. 매주 화요일은 모든 계획을 취소하고 나만을 위한 하루를 보내겠다고. 일주일 내내 많은 사람들과 부대끼다 보면 스트레스도 쌓이지만 그림에 대한 감각이나 글에 대한 감성이 무디어지는 것을 회복하기 위한 자구책이기도 하다. 지금 나에겐 내가 나를 사랑하는 시간이 필요한 것이다.

    간편한 옷차림으로 현지인 친구를 만나 다음으로 갈 곳은 중앙 박물관. 마네와 모네 그리고 로댕의 작품을 둘러보며 언젠가는 이 벽 한가운데 묵향 짙은 내 작품이 걸리는 날이 올 것이라는 꿈을 품고 명화들을 둘러보다가 다리가 아플 때쯤이면 박물관 옆 카페로 간다.

    레꼴레따 공원이 한 눈에 들어와 보이는 곳. 오고 가는 사람들은 마치 한 폭의 그림이 살아 움직이는 것이라고 생각한다. 문득 나 또한 누군가의 화폭에 담겨있다는 생각에 주위를 살펴보기도 한다. 다음으로 빨라이스 데 글라스(PALAIS DE GLASS) 얼음궁전으로 발길을 옮긴다.

    이곳에는 현대미술 작품만 전시된다.

    옛날 사람들은 남미의 뜨거운 여름을 시원하게 보내기 위해 돔 지붕으로 이렇게 높게 지었나 보다. 지붕을 배경으로 벽면마다 걸린 은은한 색채의 그림들은 채광 때문인지 마치 동양화나 묵화를 보는 듯 이채롭다.

    내 감성에 걸려든 몇 점의 그림들을 카메라에 담아 미술관을 나선다.

    거기서 다시 1km를 더 걸어가면 분수가 있고 작은 돌이, 촘촘히 박힌 예쁜 정원의 박물관이 나온다. 어느 공장의 저택을 개방하여 박물관으로 꾸몄다고 한다.

2000년 심원 이해룡 선생과 함께 전시회를 할 때는 '동양 박물관'이라 불리었는데 지금은 이름이 바뀌어 있었다.

박물관 관람을 마친 후, 분수가 있는 대형 파라솔 아래 앉아 '나랑하주스'를 주문한다. 나른한 햇살과 연못과 물망초, 수련의 함초롬한 자태는 아직도 이 집 어느 모퉁이에 남아 있을 공작부인의 흔적을 그리워함인가 싶어 애처롭다.

이곳은 주로 공관 부인들이 낮 시간에 만나 담소를 나누는 곳이다. 시원한 음료 한 모금과 산들바람마저 품위를 잃지 않는 고혹함이 숨 쉬는 매력의 장소다.

다시 리베르따로르 길을 따라 걷다 보면 'TABAK'이라는 레스토랑이 나온다. 바로 건너편에 대한민국 대사관이 있다. 이곳은 정계 인사들이나 TV스타, 가수, 전직 부통령 등이 드나드는 유명한 곳인데 가끔 스타들의 인터뷰 장면을 볼 수도 있다.

이 레스토랑 바로 건너편에 꽃집 하나가 있는데, 온갖 희귀한 꽃들이 많다. 꽃들의 이름이 내겐 난해하기만 한데 우선 가장 희귀하고 특별한 꽃 한 다발을 사 들고 레스토랑 'TABAK'으로 들어간다. 나는 이집의 '라비올레'를 좋아한다. 라비올레는 작은 만두처럼 속을 채운 파스타 종류다. 이곳의 mozo(종업원)들은 모두 노인들이다. 그만큼 전문인들이라는 의미다.

다시 '25 de mayo' 광장의 '또르또니(Tortoni)'로 향한다.

저녁 시 낭송을 듣기 위함이다. 커피를 마시며 그동안 수 없이 이곳을 다녀간 예술인들과 시인들이 남겨놓은 흔적들이 곳곳마다 빼곡하다.

카페 지하에서 관람하는 시인들의 낭송은 감동 그 차제다. 현지어에 능통하지 못한 나도 "부에노", "비바"를 외칠 수밖에 없다. 지하에서는 이런저런 공연이 끊임없이 이어지고 1층 카페엔 유명 예술인들이 모이는 곳이다. 이곳이 크고 멋진 곳이라서가 아니다. 인사동의 어느 고택처럼 오랜 전통과 오고 간 사람들의 흔적과 경륜과 예술의 혼이 살아 숨 쉬는 곳이기 때문이다.

특히 아르헨티나는 커피 한 잔을 시키고 하루종일 앉아 있어도 누구 하나 눈치 주는 사람 없다. 자리가 없으면 당연히 줄 서서 기다리며 자신의 권리를 느긋하고 당당하게 누린다.

이렇게 화요일은 나만을 위해 존재한다. 나를 중심으로 해가 뜨고 커피가 끓고 박물관이 문을 열고, 수선화가 피고 수련이 핀다. 요리사가 낭만을 요리하고 시인이 인생을 노래하고 발레리나가 영혼을 달래는 춤을 추고 길 위에 어둠이 내리고 불빛은 어둠을 몰아내며 또 다른 아침을 불러온다.

오늘 하루 충전된 나의 에너지는 내일 아침 화선지에 피어나는 매·란·국·죽이 되고 문학이 되고 어머니가 되고 길을 묻는 누군가의 이정표가 될 것이다.

부에노스 아이레스는 '화요일'이 가장 아름답다.

(『로스안데스문학』 통권12호, 2009)

10 비에 젖은 크리스마스트리 _이은경

추억의 한국영화 중 '8월의 크리스마스'가 있다.

당시 유명했던 여배우가 주인공이라 비교적 흥행에도 성공했고 또 그럭저럭 재미있게 봤던 기억이 난다.

한국에서 8월의 크리스마스를 상상하는 것은 얼음이 다 녹아 밍밍한 콜라를 마시는 것만큼 싱거운 일이고 실감이 나지 않는 영화 속 이야기같이 맥빠지는 일이다.

한국과 지리적으로 정반대에 위치한 부에노스 아이레스에 산 지 두 해가 지난 지금, 작년 크리스마스 즈음 집 앞 카페에서 한여름 비를 맞으며 처연히 서 있던 크리스마스트리를 보고 비현실적이지만 신선했던 충격으로 머릿속이 환해졌던 일을 잊을 수 없다. '다르다'는 '틀리다'가 아닌데 나는 왜 내 생활 방식과 다른 것을 이제껏 옳지 않은 그른 것으로 보았는지 모르겠다.

부에노스에 살기 시작하면서 처음 몇 달 동안 우리네 문화와 많이도 다른 여기 사람들의 생활 방식을 체험하고 싶은 호기심에 이곳저곳을 기웃거려 보기도 했다.

피아졸라의 탱고 음악은 아르헨티나로 날 끌어들인 동기이기도 했는데, 손과 팔을 주로 사용하는 우리의 춤사위와는 딴판인 춤, 탱고는 유난히 발을 많이 사용하기도 하지만 혼자 추거나 여럿이 추는 한국 춤과는 달리 한 쌍의 남녀가 어우러져 만들어내는 매혹적인 동작에 한 번쯤 배워 보고픈 열망이 체증처럼 남아 있었다.

망설임 끝에 용기를 내어 찾아간 현지인 탱고 교습소에서, 생면부지 털북숭이인 남자 춤 선생은 가슴과 가슴을 마주하고 남녀가 밀고 당기는 기초 동작부터 가르치고 있었는데, 이 동작의 어색함에 주눅이 든 난 잘 따라 하지도 못하고, 비실비실 뒤로 물러나 머뭇거리다 아무도 모르게 슬쩍 도망치듯 그곳을 빠져 나오며 혼자 무안해 한 적이 있다.

지금은 이곳 생활에 잘 적응해, 달리는 자동차와 호흡(?)을 맞추며 횡단보도를 다니지만, 한국에서는 절대 있을 수 없는 좌, 우회전하는 차와 함께 횡단보도를 건너는 이런 차이는, 이제껏 차는 무조건 사람을 위해 멈춰야 하고 횡단보도에서 함께 다니는 것은 '틀리다'는 생각에 갇혀 있던 나에게, 한동안 거리를 횡단할 때마다 차들이 마구 나에게 달려드는 것 같은 착각에 놀라, 가던 길을 멈추고 도로에 미아처럼 우두커니 서 있게 했다.

　살갗 태우기를 즐기는 이곳 사람들의 기호에 맞추어져 있는 걸 모르고, 슈퍼에서 무심히 산 바디로션이 예쁘게 피부를 갈색으로 만들어 주는 것인 줄, 반쯤이나 사용한 후 TV광고를 보고 알게 되고서야, 씁쓰레 웃으며 나머지 반을 밤에만 팔과 다리에 발랐던 기억은, 차라리 재미있는 추억거리다.

　참으로 우리와 다른 것이 무수히 많지만 우리말에서 우리 문화를 느끼듯이 이 나라 말에서 이곳 문화를 느낄 때면 흥미롭기도 하다.

　지금 한국은 출산율 저조로 국가가 나서서 이 문제를 해결하고자 머리를 쓰는데, 출퇴근길에 늘 만나게 되는 유모차 속의 아기들이나 보모들 손에 이끌려 천진한 모습으로 거리를 활보하는 어린 천사들은 미래의 희망의 불빛이라 아니할 수 없다. 아이를 낳는다는 표현으로 'dar la lus'를 쓰는 것은 굳이 가톨릭 문화를 거론하지 않고서라도 미혼모를 자연스럽게 대하는 사회분위기나 인간의 생명을 세상의 빛으로 인식하는 이곳의 사회 문화의식을 느끼게 한다.

　'흥정은 붙이고 싸움은 말리라'는 우리의 생활 방식과는 달리 남의 일에 끼어드는 것을 금기시하는 이곳에는 'entremetido'라는 말을 쓰는데, 남의 일에 끼어드는 일은 귀찮고 주책스러운 일로 여겨진다. 이런 표현을 통해 함부로 타인의 삶에 끼어들지 않으려는 개인주의적 사고를 엿볼 수 있다.

　우리말에서 '길이를 재다'의 '재다'는 '무엇을 그렇게 재냐'에서처럼 '생각하다'로도 쓰이는데, 이곳에서 'pesar'는 '무게를 달다'로 질량감을 표시하지만 사전적 의미로 '깊이 생각하다'로도 사용된다고 한다. 이런 표현상의 차이는 한 치, 두 뼘 등 눈대중으로 길이를 재던 우리네와 다르게 정확한 수치로 무게를 달고 계산하던 서양의 과학적 사고체계에 기인한 것 같기도 하다.

이렇듯 헤아릴 수 없이 많은 '다름'은 이질감에서 오는 거부감으로 받아들이기보다 우리 삶의 색채를 보다 풍요롭게 하는 것으로 인식되고 오히려 다르지 않은 것이 비정상적인 것은 아닌지 모르겠다.

한국보다 더 한국적인 것을 고수하며 사시는 분들 덕분에 이곳에서 오히려 고향의 참맛을 느끼게 하는 먹거리가 있어 한없이 행복하기도 하고, 어쩌다 한국에서보다 더 큰 목소리로 젊은이들을 나무라시는 어르신들의 완고함에 당황하기도 하지만, 어른이 어른다워 어른답게 행동하고, 그런 그분들을 공경하고 존경하는 우리의 풍습을 지키는 것은 아름다운 일일 게다. 우리의 고유어인 아름답다가 '나 자신답다'는 말에서 유래한 것처럼 말이다.

더불어 향기로운 아사도에 말벡 포도주를 곁들여 풍요로운 이 나라 자연을 느끼게 하는 식사를 즐기면서 까를로스 가르델의 음악을 듣는 것도 이곳에 사는 한 놓칠 수 없는 행복임에 틀림없다.

크리스마스에 반드시 눈꽃이 피어야 하는 것은 아니다. 빗물에 깨끗이 씻겨 눈부신 햇살에 서 있는 크리스마스트리를 대할 때, 기존의 사고방식에서 벗어난 현상을 어떻게 받아들이느냐에 따라서 또 다른 세계를 발견하고 나아가 새로운 미학에 접근할 수도 있는 것이다.

우리 아파트가 있는 리베르따도르 거리는 봄이면 신비로운 보랏빛 '하까란다' 가로수의 꽃잎에 휩싸여 통 정신을 차릴 수가 없다. 자동차로 거리를 달리거나 주말에 집 주변을 거니노라면 공원과 이어진 산책로가 너무나 이국적인 낭만으로 넘쳐 환상적으로 느껴질 만큼 아름답다.

생각해보면 이곳에 있는 우리 한국인의 삶은 하까란다의 보랏빛을 닮은 것 같다.

붉은 악마에서 보듯 한국인의 열정적인 붉은빛 기질은 이 나라 깔라파떼 빙산의 푸른빛과 어우러져 부에노스의 명물 '하까란다'의 신비로운 보랏빛 삶으로 해마다 태어나는 건 아닌지. 올 여름 성탄절에는 그 맛이 일품인 볼따의 레몬 아이스크림을 먹으며 '살사' 풍 크리스마스 캐롤을 들어야겠다.

(『로스안데스문학』 통권12호, 2009)

11 영주권 받는 사람들 _ 이정선

건물 밖으로 사람들의 줄이 끝이 보이지도 않게 이어져 있었다. 내 차례가 되기를 기다려야 한다는 생각이 늘어선 줄보다 더 지루하게 느껴졌다.

마치 인종 전시장처럼 각양각색의 사람들이 한자리에 모여 각기 나름대로의 표정을 지은 채 서있다.

자기 나라를 떠나 국경을 넘고 바다를 건넌 사람들이 이 나라 이민청사에서 영주권을 받기위해 하루 일과를 제쳐두고 자기 차례를 기다리고 있는 것이다.

나와 같은 황인종의 동양계인 중국 사람들, 원류가 우리와 같다는 몽골계 인디언인 볼리비아 사람들, 그리고 중남미의 여러 나라 사람들이 있는가하면, 키가 크기도 하지만 왠지 교만스럽고 거침없이 보여 눈으로도 잘 구분이 되는 북미 사람들에다 이마에 검은 점을 찍고 긴 두건까지 쓴 인도 여자들까지 보이니 지구상의 인종들이 거의 다 모인 것 같다.

콜롬버스가 아메리카 대륙을 발견한 이후, 줄곧 이민자들이 들어와 나라를 건설한 아르헨티나이지만 영주권을 발급해 주는 데는 마음이 그리 후하지는 않다.

가도 가도 끝없이 넓은 평원을 개척할 사람들을 많이 받아들이면, 금세 세계에서 가장 잘 사는 나라가 될 것 같은데…….

땅도 아니고 집도 아닌, 손바닥만한 영주권 하나 손에 얻으려면 오랜 시간과 돈과 정신이 소모되어야 한다는 걸 여기 모인 사람들은 너무나 잘 알고 있겠다는 생각에 동병상련의 마음이 생긴다.

사정이야 어찌 되었든 잘 살아보겠다고 내 나라를 떠나 이곳까지 온 사람들이 모두 남 같지가 않았다.

모국어를 비롯한 우리 민족의 문화가 몸에 밴 아이들로부터 조국의 품에서 흙이 되고 싶은 노인들까지, 이 낯선 땅에서 살아야 한다는 현실적인 문제는 영주권에서부터 출발된다고 보아야 한다.

이민자에게 영주권은 제2의 자기 출생증명서이다.

남미 나라에서 살아가야 하는 설움과 고초를 영주권에 새겨서 잊지 말라는 당부이듯, 나는 지금 출산의 기다림과 산통에 버금가는 초초함과 고통을 경험하고서야 비로소 그 환희의 순간 앞에 가슴 두근거리며 서 있는 것이다.

빨간 쉐타에 검은 주름치마를 입은, 마치 피에로의 옷을 입은 것 같은 뚱뚱한 여자 직원이 손에 쥔 종이를 쳐다보면서 힘겹게 입을 연다.

리이-이 슈-옹- 쎄온-

우리 아버지가 들으셨으면 기절하셨을 이름으로 둔갑된 내 이름이다.

이 아르헨티나 여자가 불러준 내 이름을 듣는 순간, 왜 그리 서럽던지……

이 불분명한 이름 석 자를 인정받기 위해 겪었던 지난 일들이 퍼런 멍이 든 채 기억 속에서 비집고 튕겨 나온다.

잊고 싶은 일들이지만 아직도 더 시간이 흘러야 잊어질까보다.

4년 전 고국을 방문했을 때.

주민등록증이 말소 되었을 수도 있다는 말을 듣고 허겁지겁 동사무소에 들렸다. 사정을 얘기하며 주민등록을 하려고 왔다니까 직원이 친절하게 안내해 주었다. 새롭게 사진을 찍어서 붙인 새 주민등록증을 손에 받아들고 나는 조국의 품으로 다시 돌아온 느낌을 가졌었다.

몸은 떠나있어도 나는 한국 사람이다.

언제라도 조국의 품으로 돌아올 자격을 잃고 싶지 않았다.

이민생활에서 영주권이 얼마나 중요한 것인가를 알고 나니 우리나라의 국민이라는 인정은 더욱 소중하게 생각되었다.

영주권을 받기 위해 우리는 할 수 있는 노력을 다 했다. 그리고 사람이 할 수 없으면 하나님이 해결해 달라고 떼를 쓰기도 했다.

과연 하늘로부터 응답이 내려왔다.

"00년 0월 이후에 입국한 외국인에 대하여 사면령 내리다." 그토록 바라던 사면령이란 선물이 신문지 안에 들어 있었다. 영주권에 얽힌 사연은 많기도 한데, 선포는 너무도 간단하기만 했다. 짧지만 큰 기쁨의 단(甘) 문장이다.

이제 우리는 영주권자가 되었다.

아직은 임시영주권을 가지고 있지만 큰 땅을 가진 아르헨티나의 푸른 잔디를 마음껏 밟고 다닐 수 있는 공식적인 자격을 가지게 된 것이다.

사람들이 줄을 지어 선 하늘 위에서 무슨 소리가 들리는 것 같았다.

'어디서든지 열심히 살아라. 너희들의 길을 내가 지켜줄 것이다……'

(수필집 『세 마리의 도라도』, 최운 수필교실, 2008)

　사람마다 자기 잘난 맛에 산다는 말이 있듯이 나도 비범이 무엇인지 잘 알지도 못하던 시절 평범한 사람보다는 비범한 삶이 되고 싶어 했다. 특수한 인생에 특별한 성공을 거둔 사람들의 전기를 읽으면서 그들의 모습을 나름대로 가슴에 새겨놓고 열심히 닮아보려 애썼다. 그런데 이 공상에서 벗어나는 데에는 하나의 계기가 있었다. 내가 릴레이 선수로 처음이자 마지막으로 달려본 그 운동회……

　내가 교사로 근무한지 5년째 되던 해에 이 학교가 개교 25주년을 맞이하여 재학생 4000여명에 교사, 학부모, 졸업생 등 7000여 명이 참가한 개교 사상 가장 큰 행사를 장충체육관에서 열게 되었다. 재학생, 졸업생, 학부모 모두가 참여할 수 있도록 갖가지 프로그램이 짜였고 피날레는 남녀교사 전원이 참여하는 릴레이로 정했다. 청백 두 팀으로 나누고 선두주자는 남자 교사, 종주자는 여자 교사로 정했는데 젊다는 것과 가볍다는 이유인지 하필이면 내가 청팀의 종주자로 선정이 되었다. 아무리 항변을 했지만 소용이 없었다. 나는 종주자라는 것도 부담이 됐지만 백팀 종주자는 젊은 여선생들 중에서 키가 제일 크고 체격도 좋아서 누가 봐도 게임의 판도를 가늠할 수 있었다. 나는 지레 기가 꺾였고 시간이 흐를수록 불안하고 초조해 숨쉬기조차 힘든데 7000여 명의 열광적인 응원은 나를 더욱 자극했다. 그러는 가운데 모든 경기는 순조롭게 진행되었고 오후 5시경 드디어 마지막 피날레인 교사 릴레이 순서가 돌아왔다.

　4조로 나누어진 각 조 선수들은 손에 손을 포개놓고 파이팅을 외친 후 자기 페이스로 돌아갔고 잠시 후 출발의 총포가 터졌다. 바톤을 흔들며 호기 있게 달리는 선두 주자들을 위해 체육관이 떠나갈 것 같았던 응원의 열기는 지금도 나를 어지럽게 한다. 심장이 멎을 것 같은 호흡이 다소 가라앉게 된 것은 우리 청팀이 시종 30m 정도를 앞서 달리고 있기 때문이었다. 200m에서 30m 정도라면 나도 어느 정도 자신이 생겼다. 드디어 마지막 바톤을 숨이 가쁘게 받아 쥐고 열화 같은 환성 속에 나는 허공을 날을 듯 앞만 보고 달렸다. 골인지점에서 두 사람이 청홍 테이프를 마주 잡고서는 모습을 바라보며 사력을 다해 달렸다.

이때다. "아!" 하는 함성이 응원석 전체를 흔들며 천지가 무너지는 폭탄 소리가 터져 나왔다. 본능적이랄까 순간 뒤돌아보니 그 여선생이 넘어져 있지 않은가. 나는 30여 미터쯤 떨어진 그 여선생에게로 달려갔다. 지금은 경기 중이며 나는 종주자로서 달리고 있다는 것을 전혀 생각지 않았고 그녀의 손을 잡아 일으켜 세운 뒤 운동화 끈을 바르게 매어 주었다. 앉은 채로 그녀를 올려다보며 괜찮겠냐고 묻는 내게 그는 고개를 끄덕이는 순간 쏜살같이 앞으로 달려 나가는 것이 아닌가.

나는 심장의 고동이 멈출 것 같은 고통을 느끼며 사력을 다해 달렸지만 끝내 그를 뒤로 제치지 못했다. 결국 나로 인해 우리 청팀은 졌다.

"잘했다.", "경기는 그런 것이 아니다.", "프로 정신이 없다."는 등 동료들의 위로(?)의 말과 청팀 응원석 학생들의 실망스런 탄성과 허탈해 하는 모습은 나를 무척 곤혹스럽게 했다.

그 후 얼마 동안 그 선생과는 마주칠 때마다 서로를 응시하는 눈빛 속에서 지나간 일을 다시 불러일으키곤 해서 다소 서먹하게 지냈었다. 그러나 그 일 이후 나는 내 자신이 어떤 사람으로 살아갈 것인가를 돌아보게 되었다. 힘차게 솟아오르는 일출도 장관이지만 처연한 빛을 내며 소리 없이 쓰러지는 일몰에서도 아름다움을 느낄 줄 알게 되었고, 헹가래에 둘러싸인 영광의 승자에게 보다 최선을 다한 패자에게 더 많은 박수를 보낼 줄도 알게 되었다. 그리고 지금 다시 그 상황이 온다 하여도 나는 그렇게 할 것이다. 그리고 내가 꿈꾸어 온 비범이 평범 속에 있다는 진리를 깨달으면서 내 곁에 머무는 수수하고 소리 없는 자잘한 행복들을 찾아내어 감사하며 살아갈 것이다.

일로 버티어온 세월이라면 지금쯤은 큰 부도 쥐고 있어야 하고 남다른 성공의 비결담도 있어야 할 법한데 민망하게도 저축의 큰 부나 교훈으로 들려줄 비결담은 아무리 따져 보아도 없다. 지금까지 내 인생에서 꼴찌를 면치 못하고 살아온 나지만 아직도 야구 선수가 9회 말을 바라보듯이 시간 지난 초대장도 소중히 간직해 본다.

숨이 가쁘게 뛰어 다닌다 해도 얻을 것도 잃을 것도 없다는 것을 알면서도 나는 오늘도 걷는 것이 아니라, 그날의 마지막 바톤을 받고 혼신을 다해 달렸듯이 뛰고 있다.

힘든 만큼 값진 삶이 될까 해서……

(『로스안데스문학』 통권12호, 2009)

13 한국 음악이 흐르는 밤에 _이현영

이탈리아에는 산타루치아, 독일에 로렐라이, 네델란드에 사라스폰다, 터키에 우스크다라, 그리고 미국에 매기의 추억이 있다면 우리에겐 세계에 알려진 아리랑이 있다.

이와 같이 국경을 넘나들며 불려지는 민요 중에서 우리 민요는 작사자, 작곡자가 없다. 누구에게서 언제부터인지 모른 채 사람의 입으로 구전되는 민중의 노래인데 우리 민족은 세계적으로 꼽을 만한 민요의 대국이다. 민요의 숫자가 아니라, 남자가 부르는 남요, 여자가 부르는 부요, 아이들이 부르는 동요, 일하자는 권농가, 놀자는 권유가 등 그 종류만도 이백여 종이 넘는다고 하는데 이렇게 민요가 풍부한 나라는 유럽의 몇 개국과 중국뿐이라고 하니 말이다. 그러니까 고국은 민요가 많기도 하려니와 누구나 태어나서 죽을 때까지 민요를 부르며 살아왔으니 우리는 음악 문화의 선진국이라 할 수 있다.

외국의 민요를 보면 애수적인 곡도 있고 경쾌한 리듬도 있다. 그러나 우리 민요는 센티멘탈리즘 정도가 아니라 처절한 한을 신음하듯 토해내고 경쾌한 음악은 전신을 흔들면서 나는 듯한 동작과 리듬으로 회오리바람을 일으키기도 한다. 음악이 수백 년 동안 민중의 가슴을 관통한 역사 때문이다.

고국이 세계에 두각을 나타낸 예술은 문학, 미술이 아니라 음악인 것은, 지금부터 60년 전 안익태 선생이, 그 후에는 윤이상 선생이 독일 오케스트라를 지휘하는 세계적 음악인이 되었고 요즈음에 악기 같은 목소리로 악기의 음역을 넘나드는 소프라노 조수미씨가 세계무대의 정상에서 있다.

이달 말 고국의 '서라벌 국악 예술단'이 이곳에서 공연한다고 한다.

나는 그날 낯설지 아니한 세르반테스 극장에서 무대의 막이 오르길 기다리고 있다. 가슴 깊이 묻어있는 국악의 향기를 더듬어보고 싶고 자녀들에게는 고국 문화의 실체를 만져보게 하기 위해 가족과 함께 무대의 막이 오르길 기다릴 것이다. 오색 조명을 받을 오색 한복, 장고, 북, 대금, 가야금, 꽹과리 소리도 듣고 싶고 판소리도 다시 보고 싶기 때문이다. 서양의 오페라 가수보다 판소리를 만나고 싶은 이유이다.

타민족 같지 아니한 무용도 가슴을 설레게 한다. 서양의 무도처럼 발을 위주로 춤을 추는 것이 아니라 두 팔을 길게 벌리고 어깨에서부터 손가락 끝까지 허공을 만지는 듯 하다가 가르고, 가르는 듯 하다가 보듬기도 하는, 선이 부드러울 뿐 아니라 여유 있게 늘어진 치마 밑으로 살짝 보이는 작은 발이 무대에 닿는 듯 마는 듯 공기를 만지면서 전후진을 하면, 내가 살아온 고국의 향수로 가슴이 흠뻑 젖기 때문이다.

국악이 흐르는 무대는 그렇게 부드러움만 나부끼는 것은 아니다. 관중들이 잔잔한 무대의 물결에 빠져있을 때 갑자기 허공을 깨뜨리며 농악패라도 등장하면 그들과 같이 한판 어울리고 싶은 흥이 돋는다. 이때쯤, 관중석의 한인들은 모두 하나가 될 것이다.

독일 국민은 자주 분열을 했다. 그것이 싫었던 베토벤은 모두가 하나가 되기를 염원하며 교향곡 9번을 작곡했다. 나폴레옹의 지배에서 벗어난 지 5년째 되는 날이었다. 베토벤은 그 곡을 발표하면서 실망과 좌절의 세상이 끝났으니 모두 기뻐하라는 제4악장 환희에서 팀파니 소리를 매우 크게 내게 하고는 관중석으로 돌아서서 두 손을 합장하는 제스처를 두 번이나 하였다.

하나가 되자는 뜻으로……

그리하고도 동서로 분단됐던 독일은 1990년 통합을 했는데, 그날 전국의 모든 오케스트라는 베토벤의 교향곡 9번을 연주하면서 하나가 되었음을 자축하였다.

국악이 흐르는 그날 밤,

세르반테스 극장을 가득 매운 관중들도 모두 하나가 될 것이란 생각을 하며 무대의 막이 오르기를 기다리고 있다.

(『로스안데스문학』 통권8호, 2004)

¹⁴ 까라보보의 참나무 _최운

아베니다 까라보보 1300번지 근처, 중앙분리대 위에는 이십여 그루의 참나무가 서있다. 어림짐작으로도 수령이 반세기는 훨씬 넘어 보인다. 그 길을 지날 때마다 나는 의문을 갖곤 한다. 한국 이민자들이 이 주변으로 몰려들 것을 미리 알고 누가 일부러 심어놓은 것은 아닐까?

참나무는 한국에서는 아주 흔할 뿐 아니라, 한국인의 특질을 그 어느 나무보다 더 많이 지니고 있다. 말하자면, 참나무가 한국 나무라는 인식이 이런 의문을 갖게 하는 것이다.

바닷가인 내 고향 뒷산에는 소나무만큼 참나무가 많았다. 청년기 몇 해, 나는 산간 마을에서 산 적이 있다. 가을 산이 불탄다는 표현을 거기서 처음 실감했는데, 그 불타던 나무들은 거의 참나무였다. 그다지 많이 다닌 것은 아니지만, 내 발길이 닿았던 지역마다 전국 어디든 참나무는 쉽게 눈에 띄었다. 내 머리 속 한국 산야는 소나무와 참나무가 반반이다.

작년이던가, 내 생각이 견강부회가 아니라는 것을 대변해 주는 듯한 글을 읽었다. 목성균 선생의 수필 〈혼효림〉은 이렇게 시작된다. "우리나라의 산을 지키는 나무를 대별하면 소나무와 참나무로 나눌 수 있다." 그는 수목과 더불어 수십 년 함께 살아온 분이다.

기질적으로 참나무는 한국인을 너무 닮았다. 강인한 목질과 높은 화력은 말할 것도 없고, 날을 제대로 받기만 하면 주저 없이 제 몸을 쪼갤 줄 아는 결기, 작으면서도 야무지기 이를 데 없는 열매에서 한국인의 특성을 그대로 빼쐈다. 단풍은 와짝, 낙엽은 와수수······. 누구나 다 아는 가을 참나무의 두 얼굴이다. 뜨겁고 차가움이 너무 극명한 우리네 성정을 형상화시킨 설치미술이라 해도 그럴듯하지 않은가.

우리 민족이 가장 먼저 먹기 시작한 식물 중 하나가 참나무 열매인 도토리라고 한다. 한 세대 전까지만 해도 가난한 백성들은 구황식품으로 쑥이나 송기 따위와 함께 도토리를 먹었다. 개운한 음식, 묵에는 한국인의 담백한 국민성이 엉키어 있다. 맨손으로도 능히 감칠맛을 창조해내는 한국 여인의 곰살스러운 솜씨가 스며있다. 비슷한 과정으로 제조되는 두부도 나무랄 데 없는 식품이긴 하다. 그러나 응고제가 첨가되고 이웃 민족도 만들어 먹는다는 점에서 순수성과 고유성을 확보한 우리의 묵에는 갖다 댈 수가 없다.

묵은 주, 부식의 위치를 가리지 않고, 꾸준히 한국인의 음식 문화에 한 쪽을 차지해 왔다. 근래에는 건강식품, 미래식품으로도 새로운 각광을 받고 있지 않은가. 묵 하나만으로도 참나무는 정이품 송 이상의 품위를 받아야 한다는 게 애'묵'주의자를 자처하는 내 주장이다.

그렇지만 참나무에게도 흠은 많다. 둔치는 강기가 넘쳐 광물질을 연상시키고, 가장자리가 톱니처럼 날카로운 이파리는 보기만 해도 긁히지 않을까 겁부터 생긴다. 두껍고 짙푸른 여름 잎새에서는 고집과 심통이, 바스러질 듯 메마른 가을 낙엽에서는 경박과 차가움도 읽혀진다. 전체적으로 산만한 인상과 억세다는 느낌을 주는 나무가 참나무라 말할 수 있다. 이것이 원죄였을까? 관상수나 정자나무가 되어 사람들에게 사랑을 받고, 시인 묵객들과 벗이 되었다는 얘기는 별로 나돌지 않는다. 십장생과 세한삼우에 끼는 등 소나무가 남달리 기림을 받는 것은 이런 참나무와 섞여 있어서 쉽게 비교가 되기 때문일지도 모르겠다.

그래서 하는 말이다. 무뚝뚝한데다 무표정하고, 남의 아픈 데를 긁기 잘하는 사람들, 나만 내세우느라 겸양과는 담을 쌓고 서두르기에 바빠 신중치 못한 사람들을 나무에 빗댄다면 더 말할 나위 없이 참나무가 적격이라는 생각이 드는 것이다.

외국에 나오면 누구나 애국자가 된다. 타국인 앞에서 안팎으로 덜 다듬어진 선머슴 본새를 내보인다면 과연 애국에 보탬이 될는지……

이래저래 까라보보의 참나무는 내 시선을 끈다. 볼 적마다 우연히 심어진 나무가 아니라는 생각이 떠나지 않는다. 설사 우연일지라도 그 속에

필연이 숨어 있음을 믿고만 싶다.

관심을 가지고 보면 더 잘 보인다고 했던가.

벌거벗고 버티는 몰골이 이민을 닮아 마냥 을씨년스럽던 나목 뒤로 남기가 어른거린다 싶으면 어느새 9월이다. 메마른 가지 끝에 녹두알 같은 새순을 틔우며 더부살이 동네에도 봄이 오는 것이다. 해마다 나는 까라보보에서 희망의 메시지를 제일 먼저 듣는다.

낙엽이 나풀거리는 음산한 계절이 깊어지기 전, 참나무는 탱글탱글한 도토리를 바닥에 떨어뜨리며 바람의 탓인 양 짐짓 허공으로 몸을 흔든다. 일 년에 단 한번이라도 도토리를 주우며 동심에 젖어보거나, 향수를 풀어버려야 일이 손에 잡히는 이들이 이민이란 사실을 잘 알고 있는 듯한 거조가 능청스럽다. 여유가 없으면 능청이 가능하겠는가. 내게 가장 모자라는 것이 여유로움임을 참나무는 또 어떻게 알았을까?

봄, 가을 다 좋지만 당찬 기운을 거침없이 내뿜는 까라보보의 여름 참나무를 나는 더욱 좋아한다. 주눅들지 말고 꿋꿋하게 살아가라는 푸르디푸른 권면의 목청이 햇살 이글거리는 사방으로 우렁차게 퍼져 나가서 좋은 것이다.

그 좋은 여름이 저만치 오고 있다. 입김이 제법 뜨겁다. 숨이 턱에 차도록 헐레벌떡 뛰어오는 모양이다.

(『로스안데스문학』 통권8호, 2008)

아르헨티나의 이민사회와 시문학의 향연*

김환기

I. 코리안 이민사회의 형성과 전개 - 아르헨티나

주지하다시피, 코리안 디아스포라의 역사는 19세기 중엽 새로운 정착지를 찾아 만주와 연해주로 떠나면서부터 시작된다. 이들의 역사는 구한말에 농민과 노동자들의 중국, 러시아, 하와이행, 일제강점기에 농민과 노동자들의 만주와 일본행, 1945년부터 한국정부의 이민정책에 의한 전쟁고아, 미군과 결혼한 여성, 혼혈아, 가족재회, 유학생의 미국과 캐나다행, 1962년부터 현재까지의 해외정착을 목적으로 한 외국행(독일, 중남미 지역)으로 설명할 수 있다.(윤인진, 『코리안 디아스포라』, 2005, 참조.) 코리안들이 남미로 이주하기 시작한 것은 1962년부터인데 아르헨티나로의 이민은 1965년에 본격화된다. 아르헨티나는 남미대륙의 12개국 중에서 브라질에 이어 두 번째로 넓은 국토(남한의 약 28배)를 자랑하는 국가로서 주 종교는 카톨릭이고 스페인어(까스떼쟈노)가 공식 언어다. 정치적인 불안으로 국민경제가 침체했음에도 불구하고 아르헨티나는 "남미 회원국 상호간의 관세인하와 공동경제정책 추진, 역내 정치·경제 통합"을 내건 ≪남미국가연합≫

---

* 이 글은 졸고 「재 아르헨티나 코리안 이민문학의 형성과 전개양상」(『중남미연구』제31권 1호, 2012)을 본서의 취지에 맞게 수정·보완한 것임을 밝힌다.

(USAN)의 출범과 함께 지구촌에서도 중요한 국가로 인식되고 있다. 또한 아르헨티나는 브라질(5만여 명)에 이어 코리안들이 두 번째로 많은 국가(2만 2천여 명)이기도 하다. 재 아르헨티나 코리안들의 이민역사를 이교범의 『아르헨티나 한인이민 25년사』를 토대로 짚어보면 크게 네 단계로 나누어 볼 수 있다. 첫 번째는 1965년 공식적인 코리안들의 영농이민이 시작되기 이전부터 아르헨티나에 정착해 살고 있었던 이민자다. 여기에는 일제강점기와 한국전쟁 이후에 아르헨티나로 들어온 경우인데, 전자에는 1941년 일본의 외항선 선원자격으로 들어온 이차손(한인 이민의 효시)과 이태리 출신 남성의 부인 강영례가 있고, 후자에는 한국전쟁이후 유엔의 알선으로 들어온 반공포로 12명[1]이 해당된다. 이들은 그야말로 해방이후 코리안들의 공식적인 영농이민단이 아르헨티나에 들어와 정착하는데 실질적인 길잡이 역할을 하게 된다.

두 번째는 1965년 공식적인 코리안 영농이민단이 최초로 부에노스아이레스에 도착했을 때부터 1980년대의 재 아르헨티나 코리안 사회가 중산층으로 성장하기까지다. 이 시기는 최초의 코리안 집단거주지역인 레띠로 판자촌에서의 생활, 제2의 빈민촌 비쟈쏠닷띠에서의 정착, 109촌시대의 개막, 바리오떼르끼 단지에서의 삶, '76번'종점에서의 생활, 라마르께 농장 등 코리안들의 실질적인 정착촌이 형성된다. 그리고 1970년대로 접어들면서 아르헨티나의 코리안 사회는 109촌을 중심으로 의류제품업이 급성장하면서 다양한 서비스관련 업종을 창출시켰다.

세 번째는 1980년대의 의류생산과 의류판매업의 성장에 힘입어 개막된 본격적인 중산층시대다. 구축된 경제력을 바탕으로 비쟈촌에서 일반주택으로 이주, 새로운 코리안타운 형성, 온세 중심의 의류상들의 활약, 원단 도매상들의 약진, 의류상의 지방시장 개척, 한국인학교 설립, '교민사회'

---

1) 아르헨티나로 들어온 반공포로는 1956년 10월 21일 제1진으로 9명, 1957년 5월 11일 제2진으로 5명이다. 한편 당시 브라질로 향했던 반공포로는 총 55명(중국인 포로 5명 포함)이었다.(이교범, 『아르헨티나 한인이민 25년사』 참조.)

의 재건, 자가용시대 개막 등, 아르헨티나에 정착한 코리안들은 역동적인 분위기를 창출한다. 한편 1980년대는 달러파동, 계(契)파동, 금융파동과 이상경기를 몸소 체험하면서 모국방문과 여가활용이 가속화되고, 자녀들의 동화문제를 비롯해서 그야말로 이주역사에서 동반될 수밖에 없는 민족의식, 자기정체성에 대한 고뇌도 적지 않았다.

네 번째는 1980년대 후반에 두드러지게 된 '투자이민 대거유입'이다. 1980년대 후반 아르헨티나의 경제는 만성적인 노조파업, 경제정책 파탄으로 희망적이지 못했다. 하지만 1980년대 초부터 급성장한 코리안사회의 의류제품업은 곧바로 '신이민(투자이민)'의 대거유입을 불러왔다. "1985년부터 밀려들어온 신이민은 2,3년 사이에 기존의 교포인구의 2.5배(3만 6천여 명)로 늘어"(『아르헨티나 한인이민 25년사』)날 정도였다. 결국 이들 '신이민자'의 대거유입은 아르헨티나의 코리안사회에 큰 변화로 이어진다. 특히 '신이민자'들을 중심으로 의류업계의 전문·세분화, 병원, 부동산, 식품도매, 목욕탕, 음식점 등, 업종개척이 두드러졌으며, 종교계의 다변화, 일간지의 창간, 유선방송국 개국과 같은 언론매체도 등장한다. 한편 '신이민' 대거유입은 역으로 신이민과 구인민간의 갈등, 개신교회의 파동, 자녀의 교육문제, 민족문제, 자기정체성과 같은 근원적인 문제를 한층 표면화시키게 된다.

개략적이지만 아르헨티나의 코리안 사회의 이민역사를 정리해 보았는데, 우리는 여기에서 몇 가지 측면에서 주목할 필요가 있다. 하나는 재 아르헨티나 코리안의 이주역사는 브라질로 향했던 코리안들의 이주과정(성격)과 유사하다는 점이다. 예컨대 소수이긴 하지만 일제강점기에 정착했던 이주자가 존재했고, 해방이후에 중립국을 거쳐 들어간 반공포로, 1960년대 한국정부의 정략적인 이민정책에 의한 이민, 의류산업을 중심으로 한 직업군 형성 등이 그러하다. 그리고 코리안들의 남미행 이민사를 통해 한국 근현대사의 역사적, 정치적, 이념적인 지점을 객관적으로 읽어낼 수 있다는 점이다. 일제강점기와 '조선인'의 위치, 한국전쟁과 반공포로의 관계, 조국의 경제난과 이민정책 등에 내재된 국가와 민족, 역사와 정치이데 올로기가 그것이다. 또 한 가지는 남미코리안들의 이주역사가 반세기를 넘겼지만, 여전히 경제적인 성공 이면의 정신적 빈곤, 거주국/주류에 대한 '벽'의 감정이 존재한다는 점이다. 특히 경제적인 안정(중류층 확대), 다양한 전문직 창출과는 별개로 정신적인 빈곤, 자녀교육, 민족의식, 자기정체성을 둘러싼 세대간, 계층간의 갈등 등은 여전히 해결과제로 남아있다.

어쨌든 최근 한국의 국제적인 위상과 앞으로의 역할을 생각할 때, 남미행을 택한 이들 코리안들의 이민사는 특별한 의미를 지닌다. 특히 신자유주의 정책을 앞세운 브라질 사회의 혼종지점과 아르헨티나의 잠재력을 직시하면서 남미 코리안 사회가 구축한 다양한 형태의 성공신화, 공동 커뮤니티구축, 정신문화적 유산은 급변하고 있는 한국사회에 교훈적이기 때문이다. 또한 남미대륙에서 코리안 사회가 구축한 문학활동에 대한 체계적인 자료조사와 그에 대한 분석을 통해 코리안 디아스포라 문학의 한 축을 구축한다는 점에서도 의미를 찾을 수 있다.

Ⅱ. 코리안 이민사회의 각종 단체와 정보매체 - 아르헨티나

아르헨티나의 코리안 사회는 브라질의 코리안타운 형성과정과 비슷하게 초창기 농업이민에서 출발해 의류산업을 중심으로 급성장한다. 특히 1970년대 109촌을 중심으로 급성장한 의류제품업은 본국의 전문직 중산층을 끌어들였고 다양한 형태의 신종산업을 창출시키며 재 아르헨티나 코리안 사회의 핵심 산업으로 자리 잡는다. 그리고 의류제품업의 활성화는 경제적인 안정과 함께 공무원, 변호사, 의사와 같은 전문직과 다양한 서비스업을 양산하면서 자연스럽게 외부세계(현지사회)와 소통하게 되었고, 공동커뮤니티의 구축을 촉진시켰다. 이른바 "개인과 개인은 물론 단체간의 교류와 이문화와의 소통에 필요한 각종 정보매체와 조직"(김환기,「재 브라질 코리안문학의 형성과 문학적 정체성」)을 필요로 하게 된다.

재 아르헨티나 코리안 사회에 조직된 최초의 단체는 ≪한인회≫(1966.3월 설립)이다. 그후에 연이어 ≪교민회≫(1967설립, 『교민회보』발행), ≪모임우리들≫(1972설립, 『우리들』등 발행), ≪109편물자치회≫(1973설립, 『109편물자치회회보』발행), ≪재아문인협회≫(1994년 설립, 『로스안데스문학』발행), ≪은하무용단≫(1976), ≪한인부인회≫(1985), ≪전문인협회≫(1989), ≪한인묘원관리협의회≫(1990), ≪안전보호회≫(1991), ≪노인회≫(1991), ≪대한체육회≫(1991), ≪이민문화연구회≫(1994), ≪무궁화합창단≫(1995), ≪한인의사/의대생회≫(1996), ≪한인청년회≫(1997) 등이 조직된다. 그리고 고향모임, 동문회, 향군단체, 종교단체, 친목단체도 조직된다. 또한 최초의 유가 주간지 『교포통신』(1977)을 비롯해서 『주간한국인』(1978), 『한아 타임스』(1985), 『주간동아』(1986), 『코리아저널』(1987) 등이 발행되었고, 최초의 일간지 『남미일보』(1987.12)를 시작으로 『아르헨, 한국일보』(1988), 『아르헨, 중앙일보』(1991), 『아르헨, 조선일보』(1997)가 창간되었다. 물론 현재의 아르헨티나 ≪한국학교≫의 모체인 ≪아르헨티나 한국교육원≫(1987)의 설립을 통한 '교민사회'의 민족교육과 각종 인터넷 홈페이지[2]를 통한 정보제공과 상호소통도 간과할 수 없는 문화지점이다.

이들 단체와 정보매체의 설립과 창간목표는 재 아르헨티나 코리안 사회의 권익보호, 복지증진, 친목도모, 상호부조, 정보교환, 민족적 결속 등이었는데, 이들 단체와 정보매체 중에서도 청년단체인 ≪모임우리들≫(1972)과 ≪재아문인협회≫(1994)의 결성은 그들 사회의 정신문화를 이끌고 문화적 정체성을 구축하는데 중심적인 역할을 한다. 먼저 ≪모임우리들≫은 『우리들NOSOTROS』, 『월간우리들』, 『주간우리들』과 같은 기관지를 발행하면서 '교민사회'가 목말라했던 정보매체로서 확고하게 자리잡는다. 그리고 ≪모

---

2) 재 아르헨티나 코리안 단체의 공식홈페이지는 다음과 같다. (꼼막: www.commac.com), (부에노스넷: www.buenos.net), (꼬르넷: www.kornet.com.ar), (재아문인협회: http://kornet.com.cc/eca), (아르헨티나 한국인학교: http://ica.adminschool.net) 등이다.

임우리들≫은 〈한국학생민속소개전〉개최와 『우리들 문고』의 운영을 통해 '교민사회'의 "정신적 가교"로서 역할을 다한다. 특히 ≪모임우리들≫의 〈한국학생민속소개전〉개최와 『우리들 문고』(장서 3천여 권 소장, 1987)의 운영은 재 아르헨티나 코리안 사회에서 개최된 최초의 문화활동이었다는 점과 이민자들의 정신적 안식처로 작용했다는 점에서 의미가 크다.

재 아르헨티나 코리안 사회에서 또 하나의 획기적인 사건은 ≪재아문인협회≫(1994)가 조직되고 동인지 『로스안데스문학』을 지속적으로 발간했다는 사실이다. 『로스안데스문학』은 2011년 현재까지 총 12호가 발행되었는데, 1996년 9월에 발간된 창간호에는 시, 수필, 소설만이 소개되었다. 하지만 『로스 안데스문학』은 발간횟수를 거듭하면서 평론, 시나리오, 번역에 이르기까지 다양한 형태의 문학장르를 선보이며 종합문예지로서의 입지를 분명히 한다. 예컨대 재 아르헨티나 코리안들의 이민역사와 정착드라마, 즉 이민초창기의 힘겨운 생활고, 주류/중심에 대한 비주류/주변으로서의 이방인 의식, 이문화와의 충돌, '교민사회'의 화음/불협화음, 자녀의 교육문제, 세대간의 갈등, 고향(조국)에 대한 향수 등 코리안 이민자들의 역사적, 경제적, 정신적 고뇌와 방황, 안식처에 대한 갈구를 문학적으로 보여주었다.

Ⅲ. 코리안 문학의 형성과 전개양상 - 아르헨티나

1. 문예잡지 『로스안데스문학』

≪재아문인협회≫가 발간한 『로스안데스문학』은 재 아르헨티나 코리안 사회의 정신문화적 구심점으로서 "정신적 가교"로서의 역할을 충실히 맡아왔다. 특히 '교민사회'의 척박한 정신문화적 환경을 직시하고 주류/중심의 외곽지점에서 느낄 수밖에 없는 '벽'의 무게감을 문학적 상상력으로 풀어내고자 했다. 문예잡지 『로스안데스문학』은 정기적으로 발간되면서 지

금까지 시 568편, 소설 33편을 게재하였고 번역 소설, 번역 수필, 번역시도 적잖이 소개하였다. 『로스안데스문학』의 형식과 내용을 중심으로 문학사적 의미를 짚어보면 다음과 같다.

첫째는 『로스안데스문학』은 발간회수가 거듭되면서 잡지명, 편집위원, 발행일에 약간의 차이를 보이지만, 전체적으로 잡지형식과 내용 면에서 일관성을 유지한다. 구체적으로 살펴보면, 문예잡지의 타이틀이 『문학안데스』(창간호, 『로스안데스』(통권2호), 『LOS안데스문학』(통권3,4호), 『로스안데스문학』(통권5~13호)로 바뀌었고, 편집위원은 집필자 전원이 편집위원이었던 초창기(통권2호까지)와 다르게 『로스안데스문학』(통권3호)부터는 해당연도의 발행인 중심으로 구성된다. 또한 매호의 발행인은 ≪재아문인협회≫회장이었으며, 발행일은 대체적으로 매년 하반기(7월~12월)인데 유동적임을 알 수 있다(2008년 미발행).

둘째는 『로스안데스문학』은 매호마다 그해 ≪재아문인협회≫ 회장(발행인)의 인사말, 문인협회연혁, 협회회원들의 연락처를 실었고 특별히 표지그림을 넣었다. 그리고 발행처가 ≪재아문인협회≫(창간호~통권7호)에서 ≪아르헨티나 한인문인협회≫(통권8호~13호)로 바뀌었다는 점이다. 예컨대 ≪재아문인협회≫ 회장의 인사말 속에는 매호의 『로스안데스문학』이 탄생하기까지의 고충과 감동이 담겨있고, 매호마다 ≪재아문인협회≫의 연혁과 회원들의 연락처를 소개함으로서 『로스안데스문학』의 역사적, 문학사적 의미는 물론이고 연속성을 강조하고자 했다. 또한 『로스안데스문학』의 표지그림은 코리안 이민자들의 남다른 애환, 강인함, 희망의 이미지를 표상한다고할 수 있다.

예컨대 창간호의 「방황하는 사람들」, 「열외자」(통권2호), 안데스산맥 사진(통권4호), 「촛불」(통권7호), 「매화」(통권8호), 김란의「우리가 꽃처럼 살아갈 때」(통권9호), 「한국의 야생화 '금낭화'」(통권10호), 그리고 "아르헨티나 작가 Rita Brana의 나무를 소재로 한 모자이크화 'Tango'와 한국의 탈춤 통영오광대 놀이"(통권5호), "강열한 이국적 체험을 Algarobo木과 Onix石

을 소재로 하여 조형언어로 실현하고 있는 특유의 合=合−分=分 시리즈로 시공을 초월한 자기예술세계의 영속성을 표현"한 조각(통권3호), "긴 겨울의 언 땅속에서 잠자듯 뿌리를 내리고/ 봄기운에 푸르른 싹을 올려/ 보리라는 열매를 맺은 강인함을 표현/ 우리 이민자들의 강인함 속에 깃들고 싶은/ 문학의 정신을 표현"한 그림(통권12호), "한 공간 안에 지나간 시간, 현재 그리고 사실, 환타지를 모자이크 기법으로 표현"한 작품(통권11호)이 그러하다.

셋째는 대체적으로『로스안데스문학』의 내용구성은 시, 수필, 소설 중심으로 엮어져 있지만, 간간히 문학평론, 시나리오, 아르헨티나 작가의 작품을 번역 소개하고 있다. 실제로『로스안데스문학』(창간호~통권13호)에 게재된 문학작품은 시(568편), 수필(327편), 소설(33편)이 거의 대부분을 차지하고 있다. 그리고 평론(통권5호)과 시나리오(통권11호)가 한편씩 실렸고, 아르헨티나 작가의 시(통권2,3,5,8호), 수필(통권 3호), 소설(통권 8,9호)을 간간히 번역해 실었다. 그러나 다양한 형태의 문학작품이 소개되긴 했지만, 여전히 재 아르헨티나 코리안 사회의 다양성과 월경주의를 표상할 수 있는 문학적 상상력은 아쉬움으로 남는다.

넷째는『로스안데스문학』의 집필자가 거의 대부분 ≪재아문인협회≫회원들로 한정된다는 점이다. 창간호에서 통권13호까지의 집필진이 모두 ≪재아문인협회≫회원이라는 사실은, 한편으로는 재 아르헨티나 코리안 사회의 견고한 응집력과 상호교류로 비춰질 수 있지만, 다른 한편으로는 탈경계적인 '혼종성'에 걸맞은 문학적 상상력의 부재, 폐쇄적인 사회구조의 표상으로 읽혀질 수도 있다. 이민문학 내지 디아스포라문학 특유의 초국가적인 시좌로 문학적 보편성을 열어간다고 할 때, 남미 코리안 작가들간의 상호교류는 물론 거주국의 현지문인들 및 작품들과 소통체계를 구축하는 것은 필요해 보인다. 예컨대 "한국인 교포사회의 내적 성장"과 "문화적 갈등을 극복할 수 있는「정신적 가교」"로 역할을 했던 재 브라질 코리안 사회의 종합문예잡지『열대문화』(제1호~제10호)가 시, 수필,

소설을 비롯해서 평론, 기행문, 시나리오, 꽁트를 게재하였고, 브라질문학의 한국어번역(한국문학의 포르투갈어 번역), 미주문학과의 교류, 일본인들과의 문학교류전 등 다양한 형태의 문학적 상상력을 통해 공간소통을 실천했음은 시사하는 바 크다.

다섯째는 『로스안데스문학』에 소개된 문학작품은 대체적으로 고향(조국)의식, 소통과 공생, 휴머니즘을 묘사하고 있다. 범박하게 장르별로 정리해 보면, 시에서는 고향(조국)에 대한 그리움, 남미의 대자연 찬양, 종교적 휴머니즘, 재 아르헨티나 코리안 사회의 일상이 그려졌고, 소설에서는 고향에 대한 향수, 민족의식, 이문화와의 소통, 주류/중심을 바라보는 비주류/주변의 타자의식, 타자와의 공생과 융화, 교민사회의 화음/불협화음, 이민자의 생활고, 정신적 빈곤, 재이민, 자녀교육과 국제결혼을 둘러싼 세대 간의 갈등 등이 구체적으로 형상화된다. 수필 역시 시와 소설에서 다루는 주제와 크게 다르지 않지만, 라틴아메리카의 여행담, 이문화와의 소통과 공생, 종교적 휴머니즘 등이 그려진다.3)

한편 이러한 문학적 상상력과 주제의식은 『로스안데스문학』의 창간호(『문학안데스』)의 발간사에서 '교민사회'의 용기와 "진실을 추구하는 굳은 신념"을 통해 '교민사회'의 "동질성을 확인"하고 이민개척자로서의 "작은 불씨"로 "혼신의 불"을 태워보려는 코리안 이민자들의 간고한 희망의 메시지가 담겨있다. 물론 이러한 문학적 상상력은 코리안 디아스포라 문학의 주제의식과 궤를 같이 한다. 실제로 같은 남미지역인 재 브라질 코리

---

3) 재 아르헨티나 코리안 문학과 관련해서, 양왕용은 시문학의 정체성을 "실향의식의 다양한 표출", "Latin문화의 다양한 수용" "기독교적 상상력의 표출", "새로운 세대의 시적 가능성"에서 찾고 있으며(「남미한인의 시문학과 정체성」, 『한국시문학』, 제14집, 한국시문학회, 2004 참조), 김윤규는 소설의 성향을 "한국에서의 삶에 대한 과장된 추억", "이민 전사(前史)와 이민 후의 적응과정사", "재이민 또는 귀국의 소망"에서 찾고 있다.(「재 아르헨티나 한인소설의 몇 가지 성향」, 『문학과 언어』, 제27집, 문학과언어학회, 2005 참조) 그리고 김정훈은 "현지문화와의 소통단절", "고국에 대한 추억담", "체류자로서의 자신", 재이민과 역이민의 문제가 형상화된다고 했다.(「재아한인 시문학의 특성연구」, 『한민족문화연구』, 제32집, 한민족문화학회, 2010 참조)

안 문학의 상상력이 그러하고, 북아메리카의 미국과 캐나다의 코리안을 비롯해서 재일 코리안, 중국 조선족, 구소련권의 고려인 문학에 이르기까지 코리안 디아스포라 문학의 주제의식은 크게 다르지 않다. 그것은 곧 이민문학을 포함한 코리안 디아스포라 문학의 자장 안에 있는 이민자의 타자의식과 민족적 정체성에 대한 끊임없는 자기탈각작업이기도 하다.

그러한 의미에서 『로스안데스문학』은 형식적으로도 그렇지만 내용적으로도 이민문학의 영역을 넘어서 코리안 디아스포라 문학에서도 중요한 위치를 차지한다고 할 수 있다. 특히 코리안들의 이민역사가 비교적 짧은 남미대륙에서 『로스안데스문학』이 산고를 거듭하며 통권13호까지 발행했음은 결코 과소평가될 수 없다. 비록 전지구촌 시대의 초국가적인 세계관에 걸맞은 탈경계적인 문학적 상상력이 아쉬움으로 남긴 하지만, 분명한 것은 『로스안데스문학』이 재 아르헨티나 코리안 사회를 되돌아보면서 '교민사회'의 "정신적 가교"로서 역할 해왔다는 것이다.

2. 이민사, 개별창작집 및 작품

짧은 이민역사를 감안할 때, 아르헨티나에 정착해 살고 있는 코리안들의 문학활동은 빈약하지 않다. 먼저 재 아르헨티나 코리안 사회에서 발간된 이민사를 비롯해서 문학관련 단행본을 장르별로 정리해 보면, 먼저 재 아르헨티나 코리안들의 이민역사를 다룬 단행본은 총4권이다. 최초로 발간된 이민관련 역사서는 1990년에 이교범에 의해 간행된 『아르헨티나 한인이민사』이고, 아르헨티나 한인이민 25년사』(1992)는 『아르헨티나 한인이민사』의 증보판이다. 재 아르헨티나 코리안들의 이민역사를 세밀하게 다루고 있는 증보판은 "먼저 와서 산 사람들", "방황하는 초창기 이민자들", "의류샀일로 지낸 빈민촌 거주시대", "중산층 시대의 개막", "투자이민 대거 유입시대"로 나누어 코리안들의 이민발자취를 시대별, 업계별(의류업계, 종교, 교육, 언론 등)로 짚는다.

그리고 ≪재아이민문화연구회≫에서 발간한 『한인사회97』(1998)은 이교범(발행인)과 손정수(편집인)가 주축이 되었는데, 그야말로 재 아르헨티나 코리안들의 사회, 경제, 교육, 문화, 종교, 체육과 관련된 단체들을 빠짐없이 거론하면서 각 단체의 활동상황(설립일, 설립목적, 활동내역 등)을 구체적으로 소개하였다. 또한 『한인사회97』은 당시의 "아르헨티나의 정치, 경제 사회" 소개를 비롯해서, "한인사회 연표(1965~1996)", "한인사회 성명서 모음", "교포 북한 고향방문", "연구조사 자료" "연구논문", "한인사회 인명록" 등에도 많은 지면을 할애하였다. 『아르헨티나 한국인 이민 40년사』(아르헨티나 한인이민문화연구원, 2005)는 재 아르헨티나 코리안들의 이민역사를 총괄했다고 할 수 있는데, 기존의 시대별, 업종별이 아닌 "주제별 40년사"를 중심으로 코리안 사회의 실생활과 관련이 깊은 경제활동 교육활동, 문화활동, 종교활동, 학술활동, 스포츠활동, 청소년 활동에 이르기까지 세밀하게 소개했다는 점에서 특징적이다.

아르헨티나의 코리안 사회에서 발간된 시집은 총8권이다. 적지 않은 분량인데 대체로 한국출판사에서 간행된 경우가 많고 실제로 문단등단을 거쳐 활동하는 작가도 적지 않다. 여기에서 창작시집에 대한 내용을 일일이 소개할 수는 없지만, 대체적으로 이들 시집에서는 고향(조국)의식, 남미의 대자연과 이민자들의 일상, 종교적인 휴머니즘, 내면적인 자아성찰 등을 주제로 삼는다. 예컨대 맹하린의 『내가 나에게 길 내어주다』와 『부에노스아이레스, 2010』은 "디아스포라 언어"로 "다문화의 가능성"과 정서적인 안정을 기반으로 "끝없는 도전과 '길 찾기' 여정"을 보여주었고, 윤춘식의 『풀잎 속의 잉카』와 『저녁노을에 걸린 오벨리스크』는 "남아메리카의 자연 풍광과 풍물, 그리고 역사의식과 유적", 종교적 휴머니즘에 근거한 "존재에 대한 향수"(오세영, 「탈문명적 시학의 향기」)를 보여주었다는 점에서 주목된다.

그리고 배정웅의 『새들은 뻬루에서 울지 않았다』는 "시간과 공간의 시적 우주영역을 동서양의 반대 감각으로 대위시켜가며, 조국과 남미생활의 고통스러운 에스프리를 서사적인 서정시"(신세훈, 「서사적인 서정시의 한 모형」)

로 승화시켰으며, 조미희의 『상현달에 걸린 메아리』는 "지난날들을 일일이 호명하면서 '기억'과 '그리움'의 힘을 통해 새로운 세계로 나아가려는 상상적 의지"를 "격정과 고요의 이중주"(유성호, 「격정과 고요의 이중주」)로 선보인다는 점에서 독창적이다. 또한 김재성의 『하늘 바다 별비』는 초월적인 공간(하늘, 바다, 별)을 노래했으며, 특히 『그의 하늘이 이슬을 내리는 곳』은 아르헨티나, 볼리비아, 브라질, 칠레, 미국에서 활동하는 크리스찬 시인들(아르헨티나 5명, 볼리비아 2명, 브라질 2명, 칠레 2명, 미국 4명 참가)의 시모음집이라는 점에서 색다른 의미를 지닌다.

수필집 역시 총10권으로서 적지 않은 숫자다. 내용적으로는 책 제목에서도 알 수 있듯이, 지극히 서정적이고 현실주의적인 관점에서 이민사회의 일상이 그려진다. 이들 수필집 중에서도 최운의 『까라보보의 참나무』, 『바람부는 날의 산조』, 『사람들 사이에 길이 있다』(공저), 『세 마리의 도라도』(공저), 『에세이 까라보보』(공저)는 특별한 위치를 차지한다. 특히 대표작 『까라보보의 참나무』는 "바람부는 날의 산조", "아침을 위하여", "제왕의 고민", "진실성의 문제", 『세 마리의 도라도』는 "이별연습", "똘레란시아", "까마귀와 인디오", "고독은 달콤하다"라고 하는 내용구성을 통해, 아르헨티나에서 살아가는 코리안 이민자들의 애환과 향수를 상큼한 언어로 엮어낸다는 점에서 그러하다.

그리고 최태진의 『이방인의 사진첩』은 이방인으로 살아갈 수밖에 없는 이민자들의 고독과 낭만을 천착했으며, 최영덕의 『똑딱똑딱 시간은 흘러가는데』는 1965년 이민출발부터 파라과이, 아르헨티나로 이어지는 이민자의 간고한 기억과 체험을 엮어냈다. 또한 "모성과 이타주의와 의협심"(『희망사항』)을 개척정신과 희망사항으로 엮어낸 윤병구의 『희망사항』은 《부인회》 회장으로서의 경험을 살린 지극히 교훈적인 내용을 담는다. 특히 아르헨티나인들에 의해 쓰여진 "아르헨티나 속의 한국인에 대한 작은 이야기들"을 엮은 『함박꽃』과 한국과 인연을 맺고 있던 아르헨티나인들이 쓴 『한국엄마 외』는 아르헨티나에 정착한 코리안들과 거주국 원주민들간의 상호소통과 거리 좁히기였다는 점에서 의미가 있다. 어쨌든 재 아르헨티나 코리안 작가들의 수필집은 이민사회의 일상을 소재로 치밀한 자기관조와 인생의 농축된 경험을 간결한 문체로 풀어낸다는 점에서 독창적이다.

소설집은 맹하린의 『세탁부』가 유일하다. 『세탁부』에는 총 7편의 단편소설이 실려 있는데, 주로 재 아르헨티나 코리안 사회에서 겪을 수밖에 없는 이민자들의 내면적 자아성찰, 정신적 빈곤, 자녀교육과 재이민을 둘러싼 세대간의 갈등, 거주국의 원주민들과의 갈등 등이 표상된다. 특히 이민자들의 쫓기는 일상생활과 정신적 공허를 표상한 '세탁부'의 모습(「세탁부」), "제2의 가족"으로 여겨왔던 거주국 원주민들의 배신과 공생의 논리(「제2의 가족」), 이문화에 대한 이질감과 귀향의식(「환우기」) 등은 아르헨티나의 코리안 사회에 상존하는 근원적인 '벽'의 실체와 무게감을 문학적으로 형상화한 작품들이다.

개인적인 이민체험과 기억을 서사화한 자서전으로서는 이헌영의 『한인들이 그린 서양화』, 조은제의 『시들지 않는 뿌리』가 있다. 『한인들이 그린 서양화』의 내용은 "문화교양", "시사", "한인회, 한국학교, 신문"의 칼럼, "수필", "의견 개진문" 형태로 구성되어 있고, 조은제의 『시들지 않는 뿌리』는 이민자의 한사람으로서 겪어야했던 간고한 체험을 "내가 떠나던 날", "어둠 속에 떠오른 태양", "재봉틀 위에서 가르친 가갸거겨"로 구성해 피력하였다. 그리고 남미의 정치평론서로서 김영길의 『남미를 말하다』, 지구촌의 "환경·국경·영토·민족·종족·종교·해양·인권"의 분쟁을 다룬 최병용의 『지구촌 분쟁 사례집』, 한반도의 통일론을 다룬 김해명의 『한반도 통일론』, 『중립화 통일론』이 있다. 또한 한국어로 번역된 교양서로서 호르세 부까이·실비아 살리나스의 『사랑은 어떻게 시작되는가』(조일아 옮김), 아르헨티나의 인디오 부족을 소개한 윤춘식의 『남미 아르헨티나 인디오 부족문화의 다양성』, 아르헨티나의 생활법률 안내 책자 『아름다운 미지의 세계 아르헨티나』 등이 있다.

또한 교육용 한글교재 2권과 일상생활에 필요한 것들을 모은 『생활 가스떼샤노』(전 3권)도 눈에 띈다. 한글교재『COREANO BASICO, 초등교재 한국어』(교육과학기술부 주아르헨티나 한국교육원)는 한글의 모음과 자음부터 배우는 학습자용 초등교재이고,『EL COREANO, 중남미에서 배우는 한국어』는 한국어회화를 비롯해 읽기, 듣기, 쓰기 중심으로 구성된 학습 교재다. 그리고 손영선의『생활 까스떼샤노』는 아르헨티나의 일상생활에서 꼭 필요한 표현들을 집중적으로 소개하였다. 한편 종교관련 서적은 의외로 많아서『기독교 교과서』외 10권이 있다. 주로 천주교와 교회를 중심으로 교회의 역사, 선교전략 등의 내용을 담고 있다.

　　그밖에도 ≪모임우리들≫이 발간한 정기간행물『우리들NOSOTROS』,『주간우리들』,『월간우리들』을 비롯해서『戰友』(재아베트남참전 유공전우회),『갈재』(호남향우회),『동아한인업소록』(남미동아일보),『사진으로 본 이민반세기』등이 있다. 이들 정기간행물 중에서도 ≪모임우리들≫에 의해 발간된『우리들』,『주간우리들』,『월간우리들』은 주목된다. 특히『우리들NOSO-TROS』(창간호)은 초창기 코리안 이민사회에 "아르헨티나 은행, 학교입학, 영업허가 수속안내 및 노동시간 해설, 아르헨띠나 역사, 전설 그리고 제일교회 청년부 주최 '문예의 밤' 취재기 등 당시의 현실적 정보"(『사진으로 본 이민 반세기』)를 소개하면서 정보매체로서 중요한 역할을 담당하였다. 또한『우리들NOSOTROS』은 간간히 릴레이소설, 수필, 기행문 등을 게재해 단순한 정보매체로서의 역할을 넘어서 정신문화적 요소를 중시했으며,『주간우리들』과『월간우리들』역시 현실주의적 관점에서 '교민사회'에 정보제공과 상호소통을 이끌어내는데 중요한 역할을 담당한다.

　　한편 개별적인 형태로 발표된 문학작품으로서는『해외동포 문학의 창』(재외동포재단)에 수상작품으로 소개된 조미희의 시「까라보보와 참나무」(제8회 수상작), 박영희의 생활수기「남편의 자리」(제2회수상작), 수필「행복한 눈물」(제3회 수상작) 등이 있다. 그리고『우리들NOSOTROS』과『월간우리들』에 게재된 시「江가에서」(이희창),「누님께」(옥룡),「보리알의 긍지」(황명걸),「벌판에서」(권석창),「통일부(統一賦)」(최양호),「너의 모습」(이충

렬), 「막차로 떠나온 길손들」(문영은), 「나의 계절」(홍경선), 「슬픈 날」(노성준) 등, 릴레이소설 「연결되지 않는 지평선」(윤선영), 「어떤 살인」(이문철), 수필 「아! 南美의 女人이여」(이진옥), 「백구번」(박연우), 「너와 함께」(김명숙), 「잘못된 판단」(강세영) 등은 아르헨티나 코리안사회의 탈경계적 혼종성을 문학적으로 그려낸 문화지점으로 이해할 수 있다.

이상에서처럼 아르헨티나의 코리안들에 의해 발간된 단행본은 이민역사서를 비롯해서 문학(시, 소설, 수필), 교양, 종교서적에 이르기까지 장르가 다양하다. 대체적으로 코리안들의 이민생활을 근간으로 한 역사적 기록, 사회문화적인 활동, 정신문화의 추구, 종교적인 귀의, 이문화와의 소통과 공생, 이방인 의식과 같은 문제들이 사실적으로 다루어진다. 특히 문학창작집과 작품에서 서사화되는 이민자들의 내면의식은 한층 근원적이고 실존적이라는 점에서 주목된다. 예컨대 이민사회라고 하는 이질적인 장소/공간에서 길항관계로 표상될 수밖에 없는 디아스포라의 이상주의와 현실주의, 과거와 현재의 교차지점을 문학적으로 형상화 한다는 점에서 그러하다. 또한 재 아르헨티나 코리안들의 정신문화에 기초한 현실주의적 시좌에 내재된 문화적 혼종지점, 그곳에서 발신되는 미래지향적인 세계관이 지극히 교훈적이고 시사적임은 말할 것도 없다.

Ⅳ. 아르헨티나의 코리안 문학과 '탈(脫)' 세계관

이 글의 목적은 코리안 디아스포라 중에서도 아르헨티나 코리안들의 이민역사와 문학지형을 짚고, 그 문학지점을 디아스포라적 세계관과 탈경계적 혼종성의 논리로 검토하는 것이었다. 먼저 재 아르헨티나 코리안 사회의 형성과정과 전개양상을 각종단체(≪한인회≫, ≪이민문화연구회≫, ≪모임우리들≫, ≪재아문인협회≫ 등)를 중심으로 살펴보았고, 초창기 아르헨티나 코리안들의 문학관련 단체의 성립과정과 문예잡지, 개별적인 창작집, 작품 등을 구체적으로 조사 정리했다. 특히 《모임우리들》의 정기간행물『우리들 NOSOTROS』, 『주간우리들』, 『월간우리들』, 문예잡지『로스안데스문학』의 발간경위를 비롯해서 발간의미와 내용상의 특징을 짚었다. 그리고 개별적으로 간행된 창작시집, 소설집, 수필집, 자서전, 평론서를 구체적으로 거론하면서 개략적이지만 장르별로 주제의식을 살펴보았다. 대체적으로 창작시집에서는 고향(조국)의식, 남미의 대자연과 이민자들의 일상, 종교적인 휴머니즘, 내면적인 자아성찰을 노래했고, 소설에서는 이민초창기의 힘겨운 정착드라마, 주변인으로서의 이방인의식, 이문화와의 충돌, '교민사회'의 화음/불협화음, 자녀교육과 세대간의 갈등, 고향(조국)에 대한 향수, 자기정체성 등이 문학적으로 형상화된다. 수필에서는 이민초창기의 간고했던 정착의 드라마를 포함해서 코리안 이민사회의 일상을 간결한 문체를 통해 관조적으로 풀어내고 있다.

이처럼 재 아르헨티나 코리안 사회는 짧은 이민역사에 비해 적지 않은 정보지, 문예잡지, 일간지, 개별창작집을 발간했고, 각종 이민사, 자서전, 생활정보서, 종교서적을 간행하였다. 이러한 재 아르헨티나 코리안 사회의 다양한 정보매체와 개별적인 창작집 발행은 간고한 이민체험을 기록한다는 역사적 의미도 있지만, 무엇보다도 '교민사회'간의 상호소통과 이문화와의 공생, 자기정체성 찾기, 정신문화의 지향으로 이해할 수 있다. 하지만『로스안데스 문학』을 비롯해서 재 아르헨티나 코리안 사회의 개별적인 창작물을 통해 이민문학 내지 디아스포라 문학 특유의 다층적, 월경주의를 읽어내는 데에는 다소 한계가 있다. 탈경계적인 작가군과 문학 장르를 토대로 주류/비주류, 중심/주변을 아우르는 통합적 시좌가 부족했기 때문이다. 아르헨티나를 넘어 남미코리안들의 상호교류를 비롯해서 거주국/주류사회와의 적극적인 문화소통이 요구되는 대목이다.

그럼에도 불구하고 남미(브라질, 아르헨티나)에 정착한 코리안들의 다양한 형태의 기록물(창작)에 대한 구체적인 자료조사와 내용검토는 중요한 의미를 지닌다. 특히 현재까지 코리안 디아스포라 문학에서 거론되지 못했던 남미지역의 문학지형도가 한국현대문학의 확장과 새로운 지평을 열어주는 근간으로 작용된다는 점에서 그러하다. 물론 이러한 탈경계적인 '혼종성'으로 수렴되는 남미지역의 코리안문화가 최근 다민족, 다문화 사회로 이동하고 있는 한국사회에 던지는 교훈적인 의미도 적지 않다.

▌김환기

동국대학교 일어일문학과 졸업
일본 다이쇼(大正)대학 대학원 석·박사
(현) 동국대학교 일어일문학과 교수,
(현) 동국대학교 일본학연구소 소장

대표저서

『야마모토 유조 문학과 휴머니즘』, 역락, 2000.
『재일 코리안 문학』(공저), 솔, 2002.
『시가 나오야』, 건국대출판부, 2004.
『재일 디아스포라 문학』, 새미, 2006.
『브라질(Brazil) 코리안 문학 선집』, 보고사, 2013.

이미지 : 아르헨티나의 깔라파떼(2012년 8월)

아르헨티나(Argentina)
코리안 문학 선집 【시/수필】

2013년 8월 9일 초판 1쇄 펴냄

엮은이 김환기
펴낸이 김흥국
펴낸곳 도서출판 보고사

책임편집 이유나
표지디자인 오동준

등록 1990년 12월 13일 제6-0429호
주소 서울특별시 성북구 보문동7가 11번지 2층
전화 922-5120~1(편집), 922-2246(영업)
팩스 922-6990
메일 kanapub3@naver.com
http://www.bogosabooks.co.kr

ISBN 979-11-5516-048-0 04890
      979-11-5516-047-3 (Set)
ⓒ 김환기, 2013

정가 18,000원

이 도서의 국립중앙도서관 출판시도서목록(CIP)은 서지정보유통지원시스템 홈페이지
(http://seoji.nl.go.kr)와 국가자료공동목록시스템(http://www.nl.go.kr/kolisnet)에서
이용하실 수 있습니다. (CIP제어번호: CIP2013011528)